喫茶去《きっさこ》

ちゃちゃと利休

山上安見子

牧野出版

はじめに

「喫茶去」、この句の出処は、中国・唐代にさかのぼる。禅僧の言葉である。禅師は来訪の僧達に「喫茶去」と挨拶がわりに言葉がけをしたという。「お茶を飲まれましたか、もし飲んでなかったならば飲んでいきなされ」と言葉をかけたと。茶を飲むとは何の意味・意図があるのであろうか。この妙味、人物検査・評価である。実に面白い試験である。

大徳寺塔頭 黄梅院住職　小林太玄

目次

カバー題字　小林太玄（大徳寺塔頭　黄梅院住職）

喫茶去

ちゃちゃと利休

第一章　ちゃちゃ姫、甲賀者に出会う

道一《みちいち》はなんば走りで、飯道山《はんどうさん》のけもの道をかけ上がっている。呼吸の音も足音も、もれないように。後ろには同年齢の少年たちが続いている。道一は近江、山上の里に代々続く忍びの一党、山上一門の跡取りだ。

父の名は七代目の頭領である山上七座衛門《ひちざえもん》。忍びの修行の指南役は、先代頭領の道衛門《みちえもん》。道一たちは、じじ様に忍びの道を教わっている

日が落ち、今日の修行は終わった。道一たちは水浴びをして身を清め、汗やほこりを流す。忍びは、自分が発する匂いに気を配る。敵地に侵入して身を隠していても、体臭でその存在が相手に察知されることがあるからだ。

身を清めたあとは、座学での勉強がある。幼い者は手習い、そろばん。年齢があがると、兵法、天文学、漢文の素読もする。

座学が終わると、夕げを取る。あわやきび、ひえなどの雑穀のかゆ、木の実、山野草の煮物、漬物。目方が増えすぎないよう、食事の量はひかえめにする。

夕げの後、じじ様と父はむずかしそうな顔で話しこんでいた。

「やはり、ご恩ある浅井様は裏切れぬ」

「しかし、織田の勢力は日の出の勢いじゃ。侮れぬぞ」

近江の国には、忍びの集団甲賀衆の各家が割拠している。長らくこの地を支配していた六角氏は没落し、近年では新たに浅井氏が台頭した。浅井氏は織田家と手を結び同盟をくんでいたのだが、突然織田家を裏切り、越前朝倉氏と手をむすんだ。織田氏は激怒し、まもなく大軍勢をひきいて近江の地に進軍してくるとのもっぱらの噂だ。

どちらの陣営につくか、五十七家ある甲賀衆は談合をかさねているが、織田方か浅井方か、まっぷたつに意見がわれて、結論はでていない。一族の中でも、織田派と浅井派にわかれ収拾がつかなくなっている家もあるらしい。甲賀の地には、不穏な空気がただよい始めていた。

山上一党も、去就を決めかねている。織田につこうとする現当主の父と、浅井の恩を忘れてはならないと説くじじ様との意見があわないのだ。二人の話し合いは夜遅くまで続くが、結論は出ない。

春浅いある日、道一はじじ様につれられて、曲輪《くるわ》へ続く小谷山の山道を登って行った。道一はこの春十三になり、正式に山上一党の跡目となった。その報告に小谷城《おだに》へやってきたのだ。

小谷城は琵琶湖の北、小高い小谷山に築かれた山城で、小谷山の尾根伝いに各曲輪が配置され、山全体が要塞化されている。

「難攻不落のかまえであろう。これを攻め落とすのは織田といえどもなみたいていのことではない。そのうちに和議を結びたいと申してでてくるだろうよ」

　坂道の途中で少し休みながら、じじ様は語った。眼下には広大な琵琶湖が広がっている。春がすみにさえぎられ、おぼろにけむる日の光が湖面を照らすと、さざ波が笑い声を立てているようにきらめいた。山道の両端の春まだ浅い小谷の山の草木は芽吹いたばかりで、若々しい緑がうっすらと山全体をおおっていた。

「山もみずうみもきれいだなあ」

　道一がおもわずつぶやく。

「ああ、近江八景には入ってはいないが、わしはこの山からのながめが、琵琶湖で一番の絶景だとおもっておる」

　じじ様はしばらく足を止めて、景色を楽しんでいた。

「じゃが、天守からのながめはさらによいそうだ。もっともわしらのような身分では、天守に近づくこともできぬがのう」

　そうなのだ。山上の一族は代々土地に根づいてきた地侍ではあるが、武士としてではなく忍びとして、浅井家につかえている。今日は道一が正式に山上一党の後継ぎとなったことを、侍頭《さむらいがしら》に報告に来ているだけだ。

　さらに山道をのぼっていく。ひな鳥の可愛いさえずり、小動物たちのけはい、羽化したばかりの蝶の舞い、山全体がまさに春の喜びに笑みを浮かべているようだ。

「この景色がいつまでも守られたらいいなあ。織田のやつらに踏みにじられたくはないぞ。

やはり、浅井様につきたいなあ」

道一はそんなことを思いながら山道を登って行った。

とつぜん道一の耳に、きらきらとした音が飛び込んできた。同時に周りの景色が一段とあざやかさを増した。

「何だろう」

道一はあたりを見回す。真っ黒な髪を肩のあたりで切りそろえた、幼い女の子が坂の上から笑いながら小走りで走りおりてくる。その後ろを白髪混じりの女が、息をきらしながら追いかけていた。

「姫様、お待ちください。あぶのうございますよ。姫様」

女の子は後ろをふり向きながら、老女にあかんべえをしているので、ぼうぜんと見ている道一にぶつかって転んでしまった。いつもの道一だったらすばやく避けただろうに。それほど女の子は生き生きとして可愛らしかった。

「いたい。なにぼんやりつっ立っているのよ」

女の子はしりもちをついたまま、道一をにらみつける。

「ぶつかってきたのは、そっちだろ」

道一も負けずに言いかえす。

「ちゃちゃさま、おけがは」

やっと追いついた老女が、あわてて女の子を助け起こした。

「なんと。ちゃちゃ姫か」

じじ様が、あわてて平伏した。

「道一、すわれ。土下座しろ」

道一はわけがわからないまま、じじ様にしたがう。

「あの方は浅井の姫、ちゃちゃさまだ」

道一は息をのんだ。ちゃちゃ姫は、まだ道一をにらみすえている。かわいい。道一は思わずつぶやいた。黒目が多く勝気そうな目は、いくぶん目じりが下がり、どことなく愛嬌を感じさせる。通った鼻筋、ぷっくりとした、朱い牡丹のつぼみを思わせる唇。髪の毛は漆黒につやつやと光っている。

「申し訳ありません」

ひたすらあやまる道一に、ちゃちゃはきげんを直して話しかけた。

「お前はだれじゃ」

「山上の里の住人、山上七座衛門の跡目をつぎます道一にございます。」

じじ様がかわりに答える。

「山上とは」

「忍びの術を生業《なりわい》にする一族にございます。浅井さまに恩顧をいただき、おつかえしております」

「ほう。道一、お前も忍びの術がつかえるのか」

「は、はい。多少なりとも」

大事な時に舌がもつれる道一のくせが出てしまった。道一の顔は朱に染まっている。

姫は、しばらく道一の顔を見まもっていたが、唐突に言った。

「おまえ、私につかえぬか」

「えっ……」

姫の言葉に、じじ様も道一も面くらった。

「近江の地に忍びの者が数多くいるのは、私も知っている。実は前から忍びの術を学んでみたいと思っていたのだ。護身のためにもな」

「私がお教えするのですか。私はまだまだ修行がたりませぬが」

「いや、当面はいっしょに遊ぶだけで良い。走ったり飛んだり、水にもぐったり。そんなことを、お前と一緒にしてみたい」

道一とじじ様は顔を見合わせる。

「どうじゃ、はよう返事をせい」

「承知しました」

じじ様があわてて答える。

「よいな、道一」

道一はうなずくしかない。

「まあ。そんなことを勝手に決められても、殿がお許しにはなりませんよ」

老女が、口をはさむ。

「いや、つねづね父上は、戦国に生まれた女は自分で自分の身を守れるように、武道を鍛錬すべきとおっしゃっておられる。私も長刀《なぎなた》や小柄《こづか》のけいこをしているのは知っておるだろう。それに走る、飛ぶ、泳ぐの鍛錬が加わっただけじゃ。父上もきっとおゆるしになるであろう」

ちゃちゃ姫は、長政公の許可を難なく得たらしい。父はしぶい顔をしていたが、じじ様の後押しもあって、道一は、姫の遊び相手兼身辺警護役として、小谷城に上がることとなった。


浅井氏の本拠である小谷山には、けものみちが何本も走っている。いのしし、しか、野さるが数多く住みついていて、侍たちの狩りの鍛錬にはもってこいだ。

姫と道一はそのけものみちを共に走り抜けていた。

「姫、すばやく息をすることをお忘れなく。鼻から吸い、胸にためるのです」

「承知」

「手と足は、同時に出します。右と右、左と左というように」

幼いながら姫の足はすばやい。警護の侍たちをとっくに引きはなし、姫と道一は先頭を走っていた。

「まだ幼いのに、なんとすぐれた身体能力をお持ちの姫なのだろう。走りも早い、身のたけ近い障害も、らくらくと乗り越えられる。このまま鍛錬を続ければ、いっぱしの忍びになられるであろうに」

などと、道一は思うことがある。しかし、ちゃちゃ様は浅井の姫。忍びなどになられるはずはない。道一は苦笑する。

小谷山頂上の大嶽《おおづく》曲輪が見えてくると、姫は速度を落とし、そっと忍び足で近づいた。道一にも、身をふせるようにと目で合図をする。姫はやぶにそっと身をひそめて曲輪の横にまわり込み、曲輪のなかの様子をうかがっている。道一も姫の斜め前に片ひざをたて、腰をおとした。万が一の時に姫を守るためだ。

目をこらしてみていると、曲輪に出入りする兵の様子が、どうも違う。浅井勢ではないように見える。なにより旗印が浅井家のものではない。

「姫、あれは」

「越前の朝倉じゃ」

道一は合点した。なるほど、盟友の朝倉氏か。もうひそかにここまで進出してきていたのか。

「お前も知っているだろう。わが浅井は織田と手をきり、朝倉とむすぼうとしていることを」

もちろん、道一も知っている。山上一党が今後どうすべきかについて、じじ様と父上は長々と話し合いを重ねているが、いまだ結論はでていない。山上の家だけではなく、近江の地侍たちは態度を決めかねていた。

「わが母は、生家である織田との縁をきってほしくないと願っているのだ。しかし、お祖父様が、がんこに織田との縁きりを主張しておられてなあ」

浅井様にも、そんな事情があるのだなあと、道一はうなずいた。

「母上は悩んでおられる。浅井を去ろうか、このままとどまろうかと」

「さようでございますか」

「さて、帰ろう。わたしはこのことを母に知らせねばならない」

道一は少し緊張する。まだ五歳をすぎたばかりのちゃちゃ姫が、そんな役割をになっているとは。道一は、けんめいに役目をはたそうとする姫を、いじらしく思った。

下り道を、二人は再び走り始めた。途中で汗だくの警護の侍たちと出会った。

「姫、ご無事で」

「どこへ行かれたかと、心配しておりましたぞ」

侍たちは口々に安堵の声をもらした。

「大事ない。心配しすぎじゃ」

ちゃちゃは笑ってやりすごす。

なんとも器量の大きなお姫様だ。成人されたのちは、いっぱしの方になられそうだと、道一はひそかに思った。

小谷城への出仕は、とつぜん終わった。織田の大軍勢が、小谷城を取り囲んだのだ。小谷城は孤立した。

姫様はどうしておられるだろう。道一は日夜案じていた。日に日に城からの反撃は弱くなっているらしい。城内では、餓えているとも聞いた。そしてある日、織田方の総攻撃が始まった。

道一は、誰にも告げず城へと急いだ。小谷の山のぬけ道やけもの道は、よく知っている。

織田の兵士に見つからないように、身を伏せ這いながら城へと急いだ。途中、死んだ織田の武将の武具をはぎ、にぎりしめていた刀をもぎ取って、織田方の武将になりすました。

城にはすでに火が回っている。かまわず、道一は突入した。城の内部の様子は、道一にはよくわからないが、とにかく火の粉を避けながら奥へ奥へと進んでいった。大勢の男たちのわめき声、断末魔の叫び、女の悲鳴も聞こえる。

急にあたりが静かになった。炎もまだここまで迫ってはいない。奥まった一室からちゃちゃ姫の声が聞こえてきた。

「誰か来て、母上が母上が」

道一は部屋に押し入った。

女性が、のどに懐剣を当てている。かけ寄ろうとする道一を押しのけて、一人の武将が刃をはたき落とし、泣きくずれようとする女性の肩をゆすぶり、さとした。

「お市様、死んではなりませぬ。生きて、姫様方をお育てにならねば」

「そうか、あの方がお市御寮人さまか。おうつくしいお方だ」

ちゃちゃ姫が叫ぶ。

「どなたかは知りませぬが、そうまでおっしゃるのならば、われらを先導して城外まで連れだしてくださいませ」

「承知」

と、見知らぬ武将が言うと同時に天井がくずれ落ち、あたりは炎に包まれた。

どこをどう通ったのか、道一は記憶にない。気がつくと、道一は大手門の外にいた。姫たちの姿はどこにも見えない。炎の中に取り残されたままだったのだろうか。道一は頭をかかえ、ぼうぜんと立ちつくした。

「お助けできなかった」

まわりは兵士たちでごった返し、騒然としている。道一は小突かれよろけた。

「どけ、何をしているのだ」

「早く水をかけよ」

「水などないわ」

別の兵士が答える。

「焼けてしまっては敵の首は取れんぞ」

「そう言われても、あの火の勢いではこっちの命があぶない」

「浅井の一族は……」

その後の言葉は、喧騒にかき消され聞き取れなかった。曲輪は燃えおち、がれきの山が残るばかりだった。道一はそっとその場からぬけ出し、よく知るけもの道を一気に下って、そのまま山上の里までつっ走った。

数日後、お市さま、ちゃちゃ姫、妹たちは、伯父の信長の元に無事送り届けられたという噂がながれてきた。

「よかった。自分がお助けできなかったのは残念だが、どうぞお幸せにおくらしください」

道一は山上家が帰依する飯道神社に何度も詣で、真剣に姫の幸せを祈った。浅井氏がほろんだ後、山上一党は織田の配下に入った。いずれ比叡山や本願寺との戦さ場にかり出されることだろう。道一たちは、もくもくと鍛錬にはげんでいた。

いつものように日の出前から体をきたえ、朝食の後は農作業にはげむ。午後からは馬術や剣術のけいこに汗を流した。里のあかりが消える頃には、夜霧が山肌を伝っておりてくる。山上屋敷も里も、深い静寂につつまれた。

深夜、半鐘がけたたましく打ちならされ、ふいにとぎれた。山上の里をどこの手のものとも知れぬ大軍が取り囲んでいる。一党の者は懸命に戦ったが、あっという間に制圧され屋敷は火につつまれた。

「道一、お前にこの忍び刀をゆずる。いつも懐にしのばせ肌身はなさず持ち歩け。きっとお前を守ってくれる。ここはもう落ちる。お前だけでも逃げろ。生きて山上の名を残してくれ」

ひたいから血を流しながら父は懸命に言い残すと、こと切れた。道一はうまやから続く秘密のぬけ道を通って、裏山までのがれた。山上屋敷は燃えおちようとしていた。父上、母上、じじ様、仲間たち。もう彼らは生きてはいないだろう。だれが山上の里をおそったのか。それは甲賀衆の一派とも、浅井の残党とも言われたが、真相はわからないままだった。

道一は堺にたどり着き、遠戚の薩摩屋をたずねた。後つぎのいなかった薩摩屋宗米は、道一をむかえ入れ、養子として育ててくれた。やがて成人すると、その頃の堺商人のたしなみであった茶道に入門し、茶名宗二を名乗った。

商売相手は、近畿一円だけでなく中国、四国、九州にも及ぶ。道一は商談と称して諸国を巡り歩く。ときおり、ちゃちゃ姫のうわさも耳にする。お元気でお過ごしなのですね。どうか、よい殿御が見つかりますように。

道一のふところには形見の忍び刀と姫との思い出が常にあった。

第二章　隼別皇子《はやぶさわけのみこと》と女鳥媛《めどりひめ》

五歳のちゃちゃは、父の浅井長政のひざに抱かれて、遠くににぶく光る琵琶の湖をながめていた。ここは近江の小谷城。二人は天守閣の最上階にいる。

まだ春浅く、城の周りの山々は淡い緑にかすかにけむっている。

「きれいねえ、お父さま」

「ああ。ずっとこのまま、この景色を見ていたいよ」

「いくさなんか、なければいいのにな」

ちゃちゃの父浅井長政と、母のお市御寮人の兄である織田信長との間に、戦いが起こっている。始めは浅井勢が優位であったのだが、三年にわたる長い戦闘の果てに、いつしか浅井勢は劣勢を余儀なくされ、織田の軍勢はこの城のすぐ近くにまで攻め寄せてきていた。

「この城もよくもって、あと半年かな」

父の独り言に、ちゃちゃは耳をふさぐ。

「そうなったら、私たちはどうなるの」

「そうだなあ」

父の答えは、ない。

父長政と母お市御寮人は、二人並んで座ると一対のひな人形と見まごうほどに美しい。武将には珍しくうりざね顔で切れ長の目をした父と、すっきりと通った鼻筋に意志の強そうな瞳の母は、美男美女のお似合いの夫婦だと、よく侍女たちが噂していた。

母の髪は一本一本が命を持っているのではないかと思えるほど、つやつやと黒かった。その髪には、いつも織田家の家紋の揚羽蝶が刻まれたべっこうの櫛が、挿されている。

「この櫛は祝言の祝いに、兄が贈ってくれたもの。この櫛を挿していると、不思議と災厄を免れるという言い伝えが織田家にはあるのだと言ってね。今では日本中から魔王と恐れられている兄だけど、存外優しいところもあるのよ」

私はその櫛にさわってみたかった。自分の髪に挿してみたかった。でも母は
「まだ、ちゃちゃには早いわ」

と、取り合ってはくれなかったけれど。

父は、ちゃちゃたちの警護と遊び相手のために、忍びの者をつけてくれていた。名は道一。飯道山の麓の山上の里の者で、忍びの集団、山上一党の後継ぎらしい。

やや膝をかがめて音もなく歩き、走り、跳ぶ。足軽の身なりであったり、木こり、修験者、百姓、僧侶、猿楽師、薬売り、どれが本当の姿かわからない。目深に頭巾をかぶり、口元だけしか見えない。

いつもは姿を見せないけれど、なんとなくその気配は感じられる。私と妹たちが春の野で

若菜を摘むとき、夏のみずうみのほとりで遊ぶとき、秋の紅葉狩り、冬の雪遊び、いつも目立たないよう、木立や物陰に隠れて見守ってくれている。だから私たちは、安心して遊ぶことができた。彼の気配が感じられるだけで私たちは安心し、夢中ではしゃいだものだった。

時には、道一や家臣の若者とともに、小谷の山を走り回ることがある。道一にはなんば走りという走り方を教わった。

「姫、このように右手と右足、左手と左足を同時に出すと、疲れも少なく長く走ることができますぞ」

なるほど、確かに早い。家臣たちをはるかに引き離して、私と道一は小谷山の頂上までかけ上がったこともあった。

しかし、今となっては遠い日の儚い思い出。敵がじわじわと攻め寄せて来て、今では城の外に一歩も出られない。わずかに天守閣から遠見をするだけになってしまった。

いくさのただ中であっても、ひなの季節になると、母は安土から嫁入り道具に携えてきたひな人形を飾っていた。せめてひとときでも、娘たちと心穏やかに過ごしたいとの、母としての願いだろうか。

「お父さまとお母さまによく似ているわ。似合いの一対だこと」

私はうっとりと端正なひな人形を眺めた。

母お市は織田信長の異母妹で、美形の多い織田一族の中でも一番の美女と言われている。たおやかな物腰の中にも、凛とした表情がかいま見え、戦国武将の娘らしいたたずまいの女性だった。織田家と浅井家の同盟のため、こし入れしてきた当時は夫の長政に親しめず、何かと生家へ帰りたいと思っていたらしいのだが、長女のわたしが生まれて以後は、夫婦仲もよくなり、さらに二人の娘をもうけ、いくさの最中であっても穏やかに暮らしていた。

父長政は、武芸の腕はもちろん、立華・連歌・香道・能なども、武将としての当然のたしなみとしていた。古典や漢籍にもくわしい。歌人藤原定家の書風を手本とする定家流の書の達人でもある。いくさの合い間には、書見台に本をのせ、時の経つのも忘れて読みふけっていた。父の手近かには、常に「古事記」や「日本書紀」が置いてあり、時間が許せばいにしえの物語を、ちゃちゃにもわかるように語り聞かせてくださる。

ついこの前までは、都から冷泉《れいぜい》流の和歌の宗匠や、観世《かんぜ》流の能の太夫がこの小谷城に滞在していた。母や主だった家臣は、武芸の鍛錬の合間に和歌を詠み、謡いの稽古を楽しんだものだった。もっとも、信長の軍勢が押し寄せてくるとの噂が立つと、宗匠や太夫はすぐに城下から消えてしまったが。

城内には能舞台があり、母と共にちゃちゃも小さな妹のはつやごうも、見所から父が舞う能を見物したものだった。父は平家の公達がシテとなる修羅能を、好まなかった。源氏との戦に敗れて命を落とし、修羅道に落ちた苦しみを語る武将たちに、明日をもしれぬ我が身を重ねたのだろうか。得意としたのは「竹生島」。琵琶湖に浮かぶ、竹生島神社の守り神「弁財天」と、島の周りを、とぐろを巻いて守っているという龍神が、仏の徳を称えて舞い遊ぶめでたい能である。

しかしながら、松明《たいまつ》に照らされて舞う直面の父は、どことなく死を覚悟しているように、幼いながらもちゃちゃは感じていた。

「今日のみずうみは、また一段と美しいな。そうだ、ちゃちゃ。この地に伝わる物語をしようか」

「うん。うん」

「古事記という、古い書物に書かれている物語だ。このみずうみにまつわる、悲しい恋の物語だよ」

父は、銀色にたゆとう湖面にちらりと目をやると、ゆっくりと話し始めた。

「はるか千年も昔に、この湖国の岸辺には若く美しい女鳥媛《めどりひめ》が一族とともに住んでいた」

穏やかに、父の話は続く。

「大和の国と治めていた大王の大鷦鷯《おおさざき》はその評判を聞き、女鳥媛を妻の一人にめとろうと、弟の隼別皇子《はやぶさわけのみこと》を使者としてつかわした」

ちゃちゃの目には、ゆったりとした裳《も》をひるがえし、肩から五色の長い領巾《ひれ》をたなびかせた、黒目勝ちの美少女が浮かんだ。少女は高い楼閣から、みずうみを眺めている、そのおもざしは、どこか母のお市御寮人に似ている。

「ある日、白馬にまたがり足結《あゆ》いの鈴をひびかせながら、都からりりしい若者がやってきた。大王につかわされた隼別皇子だった。皇子は楼閣の頂上にいる女鳥媛と、目が合った」

ちゃちゃは目を閉じて、その光景を思い浮かべる。たがいに見つめ合ういにしえの皇子と媛は、どんなに美しかっただろうか。

「あなたが女鳥媛か」

「ええ、あなたのお名前は」

「隼別だ」

呼びかわす二人の声は、湖面を涼やかに渡る春の微風のようだったであろう。

「そのお姫さまは、いくつぐらいだったの」

「そうだな。十二、三歳というところかな」

「それから、どうなったの」

「隼別の皇子は、女鳥媛を一目見るなり、恋に落ちたんだ」

「あら。お兄さまの大王の、想い人だったのに」

「ああ、そうだ。困ったことに、女鳥媛も隼別の皇子が好きになってしまい、大鷦鷯大王のもとには行かないと言い出した。何しろ大王は髪もまゆもヒゲも真っ白な、かなりのおじいさんだったからね」

「まあ大変。二人はそれからどうしたの」

「女鳥媛は、いったん都に戻った隼別王子を想うあまり病の床にふせった」

「病気になるほど、好きだったの」

「ああ。高熱が出て、命が危ないほどだった。それを聞いた隼別の皇子は、女鳥媛をさらって湖国から逃げ出し、吉野の山深くに隠れた。媛はまもなくよくなり、幸せに暮らし始めた」

「大鷦鷯の大王は、怒ったでしょうね」

「ああ。すぐに大勢の兵士を差し向けた。しかし投降するならば、二人を助けようとも伝えた」

「二人は、どうしたの」

「皇子は、女鳥媛だけでも助けようとした。自分はいずれは大王に反乱した罪で、屠られることは分かっていたからね。大王の残忍さは、国中に知れ渡っていた」

ちゃちゃは、伯父信長の評判を思い出した。比叡山の僧侶を何千人も焼き殺したとか、一向宗の門徒をなで斬りにしてみな殺しにしたとか。かげでは日本一の大魔王と、呼ばれているらしい。

ちゃちゃは、身ぶるいした。もしもいくさに敗れたら、私たちはどうなるかわからない。たとえ血がつながっていても、伯父上さまの気分次第ではりつけにされたり、首をはねられたり。

父も、話をやめてじっと何かを考え込んでいる。

ちゃちゃはわざと明るい声で、たずねた。

「それで女鳥媛は、どうしたの」

「ちゃちゃは、どうしたと思うかい」

ちゃちゃは、遠くに鈍く光るみずうみをながめる。春がすみが一面にかかり、さざなみが陽の光を反射して、少しまぶしい。ちゃちゃは目を細めながら、父に答えた。

「そうね。私だったら、好きな人と一緒に死にたいと思うわ。生きのびて怖いおじいさんの妻にさせられるなんて、まっぴらよ」

「そのとおり。二人は死を選んだ。春のただなかで吉野桜が満開だというのに、季節外れの雪が舞う寒い夜だった。

吉野の山の周りを大王の兵士が何重にも取り囲んだ。隼別を慕う部下の兵士たちは、勇敢に戦った。しかし、大王の軍隊は後から後から波のように押し寄せてくる。

激しい戦闘のすえ家臣はほとんど討ち果たされてしまった。二人は固く手を握りあい、花盛りを迎えた桜が、ちょうど雪洞《ぼんぼり》を灯したようにうっすらと浮かび上がる、吉野の山深くに逃れた。

しかし、すぐに追っ手に見つかる。松明を持った敵の兵士たちが、じわじわと包囲の話をちぢめる。二人は巨大な桜の古木の下に追いつめられた。もうどこにも逃げられない。

その二人の上に強い風にあおられた雪と、散りはじめた桜の花びらが容赦なく吹きつける。

敵の兵士たちの持つ松明が二人をてらしだす。死を覚悟した二人は、固く抱き合った。

「もうだめだ。あの世で会おう」

「ええ。いつまでも一緒に暮らしましょうね」

次の瞬間、女鳥が短い悲鳴をあげた。隼別が女鳥ののどに深々と刀を突き刺したのだ。女鳥は愛する隼別の腕の中で息絶えた。

「まあ……」

「隼別もすぐにのどをかき切り、女鳥を抱きしめたまま絶命した」

ちゃちゃは、なおもみずうみを見つめ続けた。湖面の白く光るきらめきの中に、若く美しい二人が固く抱き合ったまま息絶えた光景が浮かぶ。二人のなきがらの上には粉雪と桜の花びらがふりつもり、流れる血潮で紅に染まったことだろう。それは残酷ではあるが、美しくもある光景だった。

「翌朝、二羽の白鳥が海に向かって飛んで行ったそうだ。隼別と女鳥の魂の化身だろうと。二羽は海のはるかかなたの、常世の国に向けて飛び立ったのだと、この地では長く言い伝えられている。二人はきっと、あの世で幸せに暮らしているのだろうね」

ちゃちゃには、降りしきる桜吹雪の下で血まみれになって息絶えた二人の姿が、近い将来の父と母に思えてしかたなかった。そんな不吉な。でも、考えられなくはない。ちゃちゃは思い切ってたずねてみた。

「もしものことがあれば、お父さまもお母さまと一緒に、死にたいと思っていらっしゃるの」

「ちゃちゃは、むずかしいことを聞くね」

父は、しばらく考え込んでいた。

「では、『きっさこ』でもしようかのう」

「『きっさこ』って、どういうことなの」

「ううむ。今のちゃちゃに説明するのはむつかしい。ちょっと茶でも飲もうかと、いうくらいの意味かな」

父は有り合わせのお道具で、茶を点ててくれた。二人は春がすみに煙るみずうみと山々を見つめる。みずうみをかこむ山々は、芽吹き始めた若葉で薄緑に萌えている。早咲きの山桜だろうか、ところどころが薄紅色に浮かんで見える。いくさの最中であっても、今年も春が訪れていた。

しかしよく目をこらすと、岸辺には織田方の旗指物がなん十本もたなびき、湖面には、軍船がひしめくほどに浮かんでいる。小谷城は、すでに信長の軍勢に厳重に囲まれているのだ。

「私はいつまでも、お前たちとともに生きたい。和睦の申し入れも来ている。しかし、どうしても受け入れる気になれないのだ。私は屈辱にまみれて生き続けるより、名誉ある死を選びたい。できることならば、お市とともにあの世へ行きたい。しかし、幼いお前たちを道連れにするのは忍びないしなあ」

父の顔は、泣き笑いの表情になった。

「殿、予想より早く敵の軍勢が、大手門より攻め寄せてまいりました。すぐに御下知《おげち》を」

階下から、殺気立った声が聞こえてきた。瞬時に表情を引きしめ、ちゃちゃの頭を愛おしげにゆっくりとなでてから、甲冑姿の父は階下へかけおりて行った。ちゃちゃが、父とゆっくりと語り合ったのは、その時が最後だった。

そこからちゃちゃの記憶はとぎれとぎれになる。半年以上の籠城のすえ、ついに大手門が破られた。信長方の兵士が、怒涛のようにおしよせてくる。城の方々で火の手が上がった。

元結いが切れて総髪になった父に、母が取りすがっている。一緒に連れて行って、私も死にますと、絶叫する母。子供たちを頼む。生きてくれと言い残して、斬り合いの中に飛び込んで行った父。炎があちこちに立ち上り、焦げ臭い煙にむせる。うめき声や悲鳴、鉄砲の音に耳をふさぐ。

織田方の軍勢が、ちゃちゃたちのひそむ部屋に、なだれ込んできた。母は死を覚悟して懐剣《かいけん》を首に当てた。その時私の耳に、低く響く声が聞こえた。

「姫さま、死んではなりません。生きて、生きて、生きぬくのです」

背後から炎に照らされたその男の顔は炎の影になってよく見えなかったが、一瞬かいま見えたまなざしには、深いあわれみに満ちていた。

母の懐剣は払い落とされた。そのまま気を失った私は、気づくと誰かの背におぶわれ、ゆられていた。

「気がつかれましたか」

やさしい声だった。

「お母さまや、妹たちは」

「ご無事です。後からついてこられていますよ」

「お父様は」

「おそらく、城とともに」

ふり返った私の目に、巨大な炎がゆらいでいた。小谷城が燃えていた。泣き出した私を、その方の腕はしっかりと支えてくれていた。私は泣き続けた。涙を止めようとしても次から次へとあふれ出る。お父さまや家臣たち、道一、そして城が燃えている。大切な思い出があとかたもなく消えようとしていた。

それは、言いようのない喪失感だった。どんなに大切に思っても、この世にあるものは、いつかほろびてしまうのだ。幼いながらも、私の胸にはなんとも言えない空洞が宿ってしまった。その空虚さはわたしの生涯を通じて決して消えることはなく、おりにふれてわたしを苦しめることになる。

「姫さま。お悲しみはよく分かります。でも、泣いてばかりいると、お体にさわりますよ」

まぶかに兜をかぶったその人は、そう言って去っていった。

そして伯父信長の前に、引き出された私たち母子。妹たちは、私の後ろにかくれるようにして、おそるおそる信長さまを見ていた。

「お市、役目ご苦労。しばらく休め」

役目ってなんのことだろう。母は強い眼で信長さまを見返した。

「役目だなんて、そんなつもりはありません」

伯父は平然と母を見かえす。先に諦めたように目をふせたのは、母だった。

「これからお世話になります。娘たち共々、よろしくお願いします」

母のため息まじりの声に、信長さまの表情が少しゆるむ。しかし、母と私たちを見るその目は、何か高価な衣装を値ぶみしているような、そんな目だった。どこへ売りつければ一番高値で売れるか。そんな計算をめぐらせているような。

私は母の手をしっかりと握り、伯父上をにらみ返した。伯父上の体のまわりには、何かこの世ならぬまがましいものが、ただよっている。少しつり目のまなざしは、青みがかっていて澄み切った清水のようではあったけれど、そこには何か得体の知れない魔物がひそんでいそうだ。

「ああ、こわい。お父さまの元へ帰りたい」

お父さまの優しいまなざしを思い出し、私は涙ぐんでしまった。

不意に親しげな声が聞こえてきた。

「姫さまがた、お待ちしておりましたよ。あのままどこかへ行ってしまわれるのではないか、心配しておりました」

派手な陣羽織を着た武将が、うれしそうに歯を見せて笑っている。

「お市さま、今も相変わらずお美しい」

「お前が浅井に嫁いでのち、この羽柴秀吉はずいぶんと出世した。もはや昔のサルではない。立派な城を持つひとかどの武将だ」

母はさもいやそうに、男から顔をそむけた。その男秀吉に私はなぜだかあわれみを感じた。もしかしたら、そう遠くない将来に、私はこの男を食い尽くしてしまうのではなかろうか。私はその当時、わずか五歳の幼女だったけれど、何か得体の知れない暗いうずを、秀吉との間に感じた。この男とかかわってはいけない。たがいが不幸になってしまう。そんな予感めいたものが、しきりに胸をよぎった。

でもその頃の私にできることは、その男に向かって思いっきりしかめっ面をするのが、精一杯だった。私の顔がよほど面白かったのか、秀吉は大声で笑った。

「なんと面白い姫でありましょうか。将来のむこ殿も、きっと楽しく思われるでしょうな。ああ、ゆかいゆかい」

不幸にも私の予感は、数十年後に現実のものとなってしまう。私はこの男が一生をかけて築いたものを、全て破壊してしまうことになるのだ。

小谷の城が落ち、私たちが信長の元に身を寄せてからも、日本のいたる所でいくさは続いていた。果てしなく続く戦闘と、殺戮と、破壊と、混乱が渦巻いていた。

伯父の信長についての、耳をおおいたくなるような血なまぐさい噂がたえず聞こえてくる。はむかう門徒たちを虐殺した、罪のない女子どもまで無慈悲になで斬りにした。降伏を申し出た敵軍を一人残らず殲滅した。

その頃、私は不思議に思っていたことがある。私たち母娘を保護してくれる母の異母兄弟たちは、みな優しく穏やかな方ばかりなのに、なぜ長兄の信長だけ、あのように残忍で無慈悲なのだろうか。

「今に天罰が当たるに違いない」

そんなひそひそ声が、どこからか聞こえてくる。家屋敷、田畑、家族、全てを失ってさまよう飢えた浮浪者が、その頃の日本にはそこかしこにあふれていた。

ありがたいことに私たちは安全な住まいが与えられていた。飢えに苦しむこともなく、命の危険もない場所に。母お市の同腹の兄、織田有楽斎に保護され屋敷に迎えられて、いつしか五年になる。母と有楽斎伯父は仲が良く、この伯父は私たちをふびんに思ってか、何くれとなく細やかな心づかいをしてくださる。

有楽斎は、風雅を好む風流人でもあった。源氏物語や古今集を常にたずさえ、衣服にはゆかしい香の香りがする。そんな人だった。戦場におもむく時にはうす化粧をし、兜にまでも香を染み込ませて出陣するとも、言われていた。尾張清洲の伯父の居城には、この時代にしては珍しく、寝殿作りの屋敷をしつらえていた。戦のないときは、香道の宗匠を招いて香合わせの会をもよおし、私と母を招いてくれることもあった。

有楽伯父は、信長が簒奪《さんだつ》したという奈良東大寺正倉院に伝わる香木の蘭奢待《らんじゃたい》の一片を分けてもらっている。会では時折、その伽羅《きゃら》が試み香として出香されることがあった。四畳半の室内に伽羅の香りがみちる。天上に気高く咲く花の香りとでも言えば良いのだろうか、甘く上品な香りはいくさに疲れ、ささくれた私たちの心を癒してくれた。

松虫の鳴く頃、一人の武将が聞香《もんこう》の会の客としてこの城にやってきた。戦場から駆けつけたと言うのに、月代もヒゲもきれいに剃ってあり、おはぐろも施しておられた。

「どなたかしら」

客待合であいさつを交わす。澄んだ美しい目をした男は、私の顔を気遣わしげに見る。

「お元気そうで、何よりです。小谷の落城の折はまだお小さくて、なんとおいたわしいことかと心を痛めておりました」

私のことをご存知なの。小谷落城のおりに、いらしたの。もしかして、私をおぶってくださったのは、この方なのかしら。私の胸は高まった。

四畳半の茶室で、組香のお点前が始まった。今日は源氏香。源氏五十四帖の巻名を使い、五種の香を当てる。あの方は正客《しょうきゃく》に座られた。試み香に蘭奢待の伽羅、二香に白檀、三香に沈香を使う。

あの方はみな当て、今日の出席者の成績を記した会記は、彼のものとなった。もっとも、有楽伯父が、香元である香道の宗匠に、何やら目配せをしているのを、私は見逃してはいなかったけれど。

部屋を変え、皆で菓子と薄茶をいただく。

「お見事でございました。よくお稽古をしておられますなあ」

有楽伯父が、感心したように話しかける。

「信長様はじめ、織田の家中には雅びを解する方が数多おられます。私も負けまいと、茶道・香道の宗匠方に従軍願い、ひまひまに稽古をしておりましたが。身についておるかどうかは、あやしいものです」

「いや、いや、なかなかの腕とお見受けしますたぞ」

「血なまぐさい戦場を駆けめぐるうちに、雅な香りなどかぎ分けられなくなっていると、思ったのですが。まぐれでも嬉しいですな」

そういいながらも、口元には苦いものが浮かんでいる。

「戦場から戦場へ。気の休まる時がござりません。今日はつかの間、心を遊ばせていただきました」

「次に我々が会うのは、どこの戦場でしょうかな」

二人はさびしく笑い合った。戦国武将の命は、明日をも知れないのだ。

「私たちの茶の湯の師匠、千利休宗匠が言われるように、まさにこの世は一期に一会。この可愛らしい姫さまにも、二度と出会えないかもしれませぬ」

そう。この戦国の世は、まさに一期に一会。いつ何が起こるかわからない。いまは仲むつまじく暮らしている母娘姉妹でも、明日には死に別れ、または敵味方に分かれるか知れないのだ。まことにこの世の縁とは、はかないものだわ。しかし、それが遠くない将来に現実となることなど、その時の私は知るよしもなかった。


その夜、いつものように母と私たちは一緒に休もうとしていた。ふと思いついて、私は母に尋ねてみた。

「まだお父さまが生きてらした時、隼別皇子と女鳥媛のお話を聞いたの。お母さまは、ご存知ですか」

「ええ。千年も昔から湖国に伝わる若い二人の悲恋物語のことね。嫁いで間もない頃、お父さまが話してくださったわ」

「お父さまは、あの二人のように、お母さまと二人であの世に旅立ちたいと、お思いのようでした」

母が、深いため息をつく。

「私もどんなにか、それを願ったか。あの人のいないこの世に、生き残ってもしかたない。女鳥媛のようにいさぎよく命を絶ってしまいたかった。でも隼別と女鳥には子どもがいなかったけれど、私にはあなたたちがいた。あなたたちを残して死んではいけないと、お父さまに強く戒められたのよ」

そのことは、ちゃちゃも覚えている。あちこちに炎が上がり、銃弾が飛び交い、怒号と断末魔の叫びが聞こえる。私たちは城の奥まった部屋に隠れていた。抜き身の刀を持った父が、飛び込んできた。

「城はもうじき落ちる。子供達を連れて、信長殿を頼れ。悪いようにはしないはずだ。これでお別れだ。市よ、私はあなたと過ごせて幸せだったぞ」

顔をそむけ、足早やに去ろうとする父に母が必死に取りすがる。

「待ってください。私も連れていって」

絶叫し、すがりつき、ふり払われ、泣き伏す母。きな臭い煙、部屋に乱入してきた敵方の兵。懐剣を取り出し、震える手で敵に向ける。甲冑姿の武将が私に叫ぶ。

「姫よ、生きるのです。死んではなりませぬ」

私たちはかつぎ上げられ、城外に連れ出された。燃え上がり、天に向かって火柱を吹いて焼け落ちていく小谷城。火柱はやがて龍の姿を取り、やみ夜を自在に跳ね回る。

幾度この場面の悪夢を見たことだろう。泣きながら目を覚ましたことだろう。

「今でも死にたいと思っているの」

私はおそるおそる尋ねてみた。

「いいえ。今は生きなきゃいけないと思っている。あなたたちを守らなきゃね」

母はきっぱりと答えたけれど、こうも続けた。

「でも、いつかはお父さまの元へ行きたいわ」

私はまだ幼く、男女の心の機微はわからないけれども、父と母がはるか昔の隼別皇子と女鳥媛に負けないくらい、深く愛し合っていたのは、わかっていた。侍女たちのうわさ話では、兄信長の命でいやいや浅井家に嫁いできた母お市の方であったけれど、共に時をすごす間に深く愛し合う仲になったと。

嫁ぐ前には、兄の信長から浅井家の内実をひそかに知らせるよう、命令を受けていたにも関わらず、不確かな情報しか伝えていなかったとも。それは、肉親であってもいくさの駒としか扱わない、兄信長への母の精一杯の抵抗であったかもしれない。

私はその深い愛情に憧れた。命をかけて愛し合う、そんな相手が現れないかしら。弥生の空のおぼろな月の光に包まれて、幸せな気持ちで私は眠りについた。なのに、またしてもあの夢を見てしまった。小谷城が炎に包まれ、その炎が龍の形になって天へ昇っていく夢を。

しかし、その夢には続きがあった。天に昇って行った龍は、反転して地表を目指して舞い下りてきた。そして、誰ともわからない武将におぶわれたまま、うとうとしていた私めがけて急降下してくる。炎の龍はわたしを刺し貫いた。悲鳴をあげ、わたしは飛び起きた。龍などどこにもいない。

月はとうに落ち、闇は深かった。その闇の底にちろちろと燃える炎が浮かび、すぐに消えた。遠くで鳥が鳴いた。その声は何かの警告のように、長く尾を引いて禍々しくひびいた。


時は無慈悲に流れゆく。伯父信長は本能寺で横死。なきがらとその時たずさえていた唐物の茶道具は、ふしぎなことに一片だに見つからなかった。まもなく今後を決めるため清洲城で織田の重臣たちによる評定が行われた。母は私たち三姉妹を連れて柴田勝家殿と再婚することになった。私たちは、北国の北ノ庄城へ移った。

北ノ庄での生活は、笑いがあふれていた。母はこんなに楽しそうに笑う人だったのか。ちゃちゃは意外だった。実の父浅井長政と一緒に過ごす時は、もちろん和やかな顔でほほえんではいたが、笑い声を立ててはいなかった。

義父柴田勝家も、よく笑っていた。いや、笑うというよりももっと豪放で、まとわりついてくる何かを吹き飛ばそうとしている感じ。それはたぶん、身近に迫ってくるほろびの予感ではなかったか。あの豪傑笑いのかげには、死への覚悟がにじんでいたと、私は思う。

一番下の妹、ごうのあどけない仕草に笑い、まだ幼い小姓のほほえましい失敗に笑い、中の妹、はつとのたわいないあらそいに笑い。残り少ないであろう人生の貴重な日々を、家族みんなで笑ってすごそうとの、勝家さまの配慮が感じられた。強面《こわもて》の老武者勝家さまは、見た目とは違い人情に厚く思いやり深い方だった。

清洲城での秀吉と勝家さまの約定《やくじょう》はあっさりとくつがえされ、北ノ庄城めがけて秀吉軍が押し寄せてきた。賤ヶ岳で両軍勢は激突した。頼みとしていた前田利家が、とつじょ豊臣側に寝がえった。味方は総くずれとなり、逃亡の途中に逃げ出す兵士も多くいた。勝家さまは、わずかになった敗残の兵と共に北ノ庄城へ引き返してきた。

「秀吉と利家にしてやられた。二人とも、若い頃からわしが目をかけて育ててやったのに。なんと恩知らずの者たちだ」

母との居室に、血に染まった武具を身につけたまま現れた勝家殿は、母の顔を見るなりくやしげに吐きすてた。母は黙って聞いている。その顔にはみじんも動揺がない。それどころか口元にはかすかに笑みさえ浮かべている。

「秀吉が攻めてくるまで、あとどれくらいの猶予がありましょうか」

「二、三日と言うところだろうか」

「まだ時間がありますね。いかがでしょう。この世の名残りに、皆で別れの宴をいたしませんか。蔵に貯めていた食料と酒を、城に残ってくれている家臣や侍女たちにふるまって、これまでの苦労をいといましょう。宴では勝家さまもひとさし舞ってくださいませ」

不思議なことに、母の表情は晴れやかだった。迫り来る破滅を、まるで待ち望んでいるかのように。その時の母を、私は今でも思い出す。菩薩にも似た安らかな微笑みと、上機嫌さ。周囲の家臣たちや侍女たちのうろたえた様子と、真反対なのだ。

「お母さまは何がそんなに嬉しいのでしょうか」

私は不思議なものでも見るように、母をながめていた
食料庫が開けられ、酒蔵から全ての酒が運び出された。傷ついた兵たちは、その傷口をボロ布で縛っただけという応急手当てで、宴会の場に座った。塩漬けの魚、漬物、味噌煮にした野菜、雑穀の握り飯。そんな食事だったが、みなよく食べた、大いに飲んだ。

「この世の名残りじゃ。遠慮せずにいただこう」

死を覚悟している兵たちは、恐怖をふり払うかのように盛大に食べた。

「すべて空になるまで飲み、食らえよ。この世の名残にな」

勝家さまの言葉に、侍も足軽も侍女たちも、宴会の場に入りまじり盃を交わす。中にはそっと目配せをして侍女の手を引き、消えていくものもあった。

勝家殿は、酔いに酔っていた。足元がふらつき、ろれつが回らない。それでも、謡いながら舞い続けている。

一番手柄は　誰ぞ
褒美を　つかわすぞ
金銀砂子に　見目佳きおなご
持ってゆけ　持ってゆけ

そのうちに、勝家さまはよろけながら母の前に座り両手をついた。

「お市さま、申し訳ない。あなたを幸せにできなかった。天下人の妻にしてさし上げようと思ったのに。こんなことになってしまった」

いつのまにか勝家さまの目から、涙があふれている。鬼柴田はくやし泣きをしていた。

「秀吉め。決して許さぬ。あの世に行っても、たたり続けてやる。おぼえておれ」

そう言い終わると、その場に崩くずれるように横たわり、そのまま眠り込んでしまわれた勝家さまに、母はそっと上掛けをかけた。

「良いのです、良いのです。誰のせいでもありません。これがさだめだったのです」

そして広間にいる皆に聞こえるよう、よく響く声で言い渡した。

「これで宴は終わりじゃ。明日の戦さに備えてもう休みなさい」

凛とした声だった。乱れた座に一瞬で緊張が走る。そうだった。今は戦さのただなか。明日にでも、秀吉の軍勢が攻めてくる。みなは夢からさめ、うなだれてそれぞれの持ち場に去った。

広間には母と眠っている勝家さま、私、妹二人、何人かの近習《きんじゅう》が残った。私たちは、母のまわりに集まる。

「母上さま、私たちも明日には殺されるのでしょうか」

中の妹、はつが不安げな声でたずねる。

「そうかもしれません。いえ、そうなるでしょう。武将の娘らしく覚悟を決めなさい」

「いやです。死ぬのは、痛いのはいやです」

下の妹ごうは、涙声になる。

その時の私の気持ちはどうだったのだろう。生きていたかったのか、いたくはなかったのか。母のいうように、これも自分の定めとあきらめていたのか。

「いいえ。みなで死にましょう。そして」

母の言葉はとぎれた。私は、母の心の中を思った。きっと、父長政の元へ行きたいんだわ。小谷城落城のおり父と共に死ねなかったから、今度こそあの世へ行きたいのだわ。

私は、母という女性のこわさを感じた。勝家さまと夫婦になったのも、いずれこうなる予感がしたから。お母様は死に場所としてここ北ノ庄城を選んだのだ。

「お父様の元へ。みんなで」私の言葉に、母がうなずく。

その時勝家さまの声がした。

「お市さま、それはいけません」

酔いつぶれ横になっていた勝家さまは身を起こすと、静かに言葉をつないだ。

「姫様たちには、未来があります。道連れにしてはいけません」

「でも、残していくのはふびんです」

「いや、ちゃちゃさまはもうじき十四。お嫁入りしてもよいお年頃。姫さまたちの将来を摘んではいけません」

お嫁入り。その言葉に私の胸はふるえた。私もだれかの花嫁となり、愛し愛される夫婦になりたい。

「ちゃちゃは、どうなのです」

母の、美しい切れ長の目が私をじっと見つめる。私は自分でも思いがけないほど、きっぱりと答えた。

「私は、生きたい。生きて、生きて、生きぬきたい」

「そうですか」

母は、どこか安心したように深くうなずく。

「それでは妹たちをたのみますよ」

「はい。きっと」

母は私たち三人を強く抱きしめてこういった。

「この先あなたたちに何が起こるかはわからないけれど、ちゃちゃの言うように生きて、生きて、生きぬいてね。母はいつでもあなたたちを見守っていますからね」

私も、ごうも、はつも、泣きながらうなずいていた。

その夜は、勝家さま、お母さま、私たち皆で一緒に休んだ。目前に敵が迫っているというのに、母と勝家さまはぐっすりと眠っていた。すでに、覚悟を定めているからだろう。

私も、よく眠った。お母様がこの世からいなくなっても、生きて、生きて、生きぬくのだ。そうして、愛する人とめぐり合うのだ。そう決心したら、合戦のこわさや母と別れるかなしさは薄らぎ、なにか楽しい冒険の旅へ出発するような気分になっていた。

夜明けとともに城門近くで鬨《とき》の声が上がった。敵はもう目の前まで迫っている。味方の兵たちはすぐさまはね起きて防戦したが、あっという間に城門が破られ敵兵が城内へ押しよせてきた。
罵声、鉄砲の音、刃のひらめき、断末魔の呻き声。小谷城落城の時と同じ光景がくり返さ
れる。覚悟はできていたとはいえ、私は恐怖にふるえた。妹たちも、目をつむったましが
みついてくる。
「お母様」私は、思わず母を呼んだ。
「しっかりなさい、ちゃちゃ」白装束に着替えた母は、静かにほほえんでいた。
「これからはあなたが母代わり。妹たちをたのみますよ。もうじき、秀吉の使いがあなたた
ちをむかえにきます。見苦しくないようにふるまいなさい」
母はいつもさしていたべっこうの櫛を、私の髪にさしてくれた。
「この櫛は織田家の女に代々伝わってきたもの。きっとあなたを守ってくれます」
私たち一人ひとりを抱きしめた後、母は静かに勝家さまが待つ天守閣に登って行った。
煙と炎が迫ってくる。もう戦っている兵はいない。奇妙に静かになった。誰も私たちを迎
えに来ない。このままここで、炎にまかれ死んでしまうのではないか。私は心底恐怖にから
れた。妹たちを脇にかかえたまま、熱風とおそろしさで気が遠くなりかけた時、遠くから私
を呼ぶ男の声がする。
「ちゃちゃさま、どちらですか。迎えにきました」
私は正気に返った。でも、空耳かとも、思った。

「ちゃちゃさま、お返事を」

私ははね起き、声のかぎり叫んだ。

「ここです。ちゃちゃはここです」

煙と炎をかいくぐって、一人の武将が現れた。焦げた甲冑、頬には切り傷の痕。私はその胸にしがみついた。

「こわかった。とてもこわかった。このまま死んでしまうのではないかと」

男は妹たちと手をつなぎ、私はその後に続いた。豪壮な北ノ庄城は、あちこちから火の手が上がり、燃え落ちていく。城門を出て間もなく、ついに天守閣が轟音とともにくずれ落ちた。夕暮れの薄暗闇の中、炎は天を焦がし、やがて消えた。

お母様が逝ってしまわれたのだ。お父様の元へ。私はただ、立ち尽くしていた。

「同じだわ。あの時と。小谷城でお父様が亡くなられた時と」

口元しか見えない武将は、片手おがみで「南無釈迦牟尼仏」とくり返し唱えている。

「さ、ちゃちゃさまも」

私もふるえる声で、唱和する。

「お母様が、父上に会えますように。永遠に二人で幸せに暮らせますように」

焼け落ちた天守閣から立ち上る白い煙が、いつしか大きな白鳥の姿に形を変えた。天空のどこからか、美しい白鳥が舞い降り、誰かを呼ぶように鳴く。その鳴き声に応えるように、もう一羽の白鳥が寄り添う。二羽の白鳥は、私たちのいる上空を一周すると、やがて湖の方角へと飛び去った。

やはり。と、私は思った。お父様がむかえに来られたんだわ。

「お母様どうかお幸せに。でも、私は生きたい。生きて愛する人のそばですごしたい。どうか、見守ってください」

急に冷たいつむじ風が吹いてきて、空は黒雲におおわれた。大粒の雨が降り始め、豪雨は一晩中やむことはなかった。

「鬼柴田の怨念じゃ。こわやこわや」

私たちの仮の宿舎となった古刹の小僧さんたちが、声を潜めて噂していた。

天下人となった秀吉は、私たちを手厚く保護してくれた。贅沢な暮らしをさせてもらっても、私はちっともうれしくない。豪奢な衣装も、調度品も、贅をこらした毎日の食事も。

私の心はもう何も、感じなくなっていた。全てがどうでもよく思えてきた。笑うこともなく、泣くこともなく。ただ心は湖に浮かぶ笹舟のように、あてどもなくさまよっているだけ。

私の隼別皇子。あの方は、いつ私を迎えに来てくれるのかしら。私も好きな人の腕に抱かれて、女鳥媛のように死んでいきたい。そしてあの世でお父さま、お母さまたちといつまでも幸せに暮らしたい。

戦乱の絶えないこのうつせみの世を生きるのは、私にはつらすぎる。

そして今日は、秀吉と一緒の輿に揺られている。さっきから、私の顔をまぶしげに盗み見る秀吉の目が、うっとうしくてしかたない。

第三章　大徳寺黄梅庵―昨夢軒《さくむけん》

ようやく梅雨が明けたばかりの京の都だが、盆地特有の暑熱のせいか、辻つじの先には逃げ水がゆらゆらと立ち上っている。

さっぱりと顔を洗ったようなお日様からは、容赦なく熱波が注がれてくる。しかも今日は雲ひとつ見当たらない。

「来なきゃよかったわ」

ちゃちゃは唇を不満そうにつきだす。京都盆地特有のねっとりとした暑さが、体にまとわりつき、ちゃちゃの身体中から汗がにじみでくる。

こんな日には、生まれ故郷の湖国では、わらべたちが湖の岸辺で水あそびをしていることだろう。遠い日に、幼いちゃちゃがその頃の警護役の道一に見まもられて、むじゃきに水あそびをしていたように。道一は甲賀出身の忍びの者。走るのも泳ぐのも得意で、幼いちゃちゃのよい遊び相手だった。そんな日々はもう二度と帰らないのだけど。

それにしても暑い。暑さはちゃちゃをいっそう不機嫌にさせる。うかうかと、秀吉と共に京の都へやってきたことを、後悔しているのだ。

「一緒の輿に乗るなんて、聞いていなかったわ」

ちゃちゃは、秀吉の顔を見ないですむように、御簾の外ばかりに目をやっていた。さっきから、一言も口をきいていない。

妹たちもいっしょに、と頼んだのだけれど、秀吉は聞き入れては、くれなかった。「まあまあ」とか「そのうちに」とか言いながら、ちゃちゃを強引に輿に乗せてしまった。侍女たちも、そ知らぬふりをしている。

「お姉さま。おみやげをおねがいね」

妹たちは、なぜかはしゃいだ声を立てていた。

顔をしかめたままのちゃちゃと、しいて無表情をよそおう秀吉を乗せた輿は、都大路を洛北の紫野へ向かって進んでいる。

やっと戦乱がおさまったばかりの京の都には、まだ、あちらこちらに戦火のあとが残っている。築地や土塀はくずれ落ち、以前はさぞおもむきがあったであろう庭園には、梅雨明けで勢いをました雑草が、いっせいに生いしげっていた。かろうじて残った寺や屋敷の柱の朱塗りの色ははげ落ち、よく目をこらすと焼け焦げた跡や刀傷が残ったまま無残な姿をさらしている。秀吉が柴田勝家をほろぼして、一年あまり。畿内や、その周辺は秀吉のものとなったが、まだまだ陸奥や四国九州では、その地の戦国大名たちが、天下を狙おうとして刃を研ぎすませている。

秀吉は、いち早く御所の修復だけは終えたのだが、京の町の整備は追いついていない。行き倒れた人の死骸、乞食、孤児、隠亡、流れ者、崩れた築地、焼け焦げた屋敷跡や寺院の鐘楼。行き交う人たちの衣装は破れたままで、その表情は険しくすさんでいる。空ではカラスが、不気味な鳴き声を響かせて旋回している。やせこけた野犬の群れは、飢え死に寸前の弱り切った子どもや病人に、まとわりついて離れない。すえた匂いが、そこら中にただよっている。よどんだ堀からか、または行き倒れたまま放置された亡骸からか。この町には、そこら中に暗い死の影がしみ付いたままだ。

秀吉がすまなそうに声をかける。

「姫さまには、お見せしたくない光景でしたな」

「いいえ、大丈夫」

こんなことぐらいでは、ちゃちゃは臆《おく》さない。幼い頃から血みどろの死骸を、数え切れないくらい見てきた。鉄砲の音、刀が切り結ぶ音、怒号、悲鳴。断末魔の叫び声も、いやというほど耳にした。父が自刃し、一族が滅亡した小谷城の落城のおりも、つい昨年の北ノ庄城の戦さでも、無残な死をどれほど目にしたことか。

ちゃちゃは今でも、目にしてきた阿鼻叫喚《あびきょうかん》の地獄絵図を、折に触れ思い出す。幾度、夜中に悪夢にうなされて飛び起きたことだろう。目覚めても、まだ夢の続きを見ているのだろうか。暗闇の向こうには、得体の知れない何かがうごめいていて、声をあげそうになる。

しかし、よく眠っている妹たちを起こしてはいけない。夜具の中にもぐり込む。妹たちに身をよせて、そのほの暖かいぬくもりを感じる。

「生きなくちゃ。負けてはいけない。妹たちを守らなきゃ」

そう自分に言い聞かせる。そのうちに、うとうととして朝を迎える。そんな夜が幾夜も続いていた。寝不足で、今日も少々頭がいたい。できれば輿の中で少し眠りたいくらいだ。

でも、秀吉にそんな弱みを見せるわけにはいかない。ちゃちゃは密かに美しい袿《うちかけ》の袖の中で、握りこぶしを作る。

「こんな奴に、うたた寝をしているところを見られるなんて、まっぴらだわ」

ちゃちゃはあちこちをつねり、体を小さく動かして眠気に耐えた。

この男は、ちゃちゃが経験した二度の落城に深い関わりを持っていた。一度目は攻め手の武将として、二度目は敵方の総大将として。

「いくら親切にしてくれても、私はこの男を決して許さない」

ちゃちゃは、心に深く誓っている。

二人を乗せた輿は、前後を屈強な警固の者たちに守られて、ゆるゆると洛北に向かった。

船岡山のあたりからは、路上に活気が戻っていた。

「冷やし水あめはいらんかね。甘くて美味しいよ」

「抹茶一服しんぜましょう。ひとやすみ、なさらんか」

「扇はいらんかね。観世水もようの仕舞い扇。鴨川のほとりで、今日も観世太夫の能があるよ」

物売りの声が、かますびしい。梅雨明けと同時に命の限りと鳴き出したアブラゼミの鳴き声も加わって、この辺りにはごまの実が弾けるように、人があふれている。

「殿下、この者どもを追い払いましょうか。殿下の名前を出せば、すぐに立ちのきましょう」

「いやいやかまわん。わしは、ちゃちゃ姫にありのままの京見物をさせて差し上げたいのじゃ」

秀吉は、わざとへりくだった言い方をする。亡き主君信長さまのお妹君、お市の方の忘れ形見。わずか十一歳の少女ではあっても、主筋の血は尊ばなければならない。たとえ、父母も伯父たちも、大勢のいとこも亡くなってしまい、ほとんど寄るべない身の上であったとしても。

「もう、なんでこんなに暑いの」

母譲りの漆黒の髪を、肩の高さで切りそろえたちゃちゃが、今日初めて紅をさした唇を突き出し、いまいましげに言う。

「それになんて大勢の人なの。もう、うんざり」

可愛い。怜悧そうなまなざし、整った鼻筋。形の良いあご。時折、癇性《かんしょう》に唇をかみしめるくせ。秀吉の視線は、ついついちゃちゃの顔をさまよう。

「よく似ていらっしゃる。伯父上の信長さまにも、母上のお市さまにも」

二年前の本能寺の変で伯父の信長を失い、前年の北ノ庄の戦いでは、母の市と義理の父の柴田勝家を失った。さらに言えば五歳の時には父浅井長政が、城とともに討ち死にしている。

北ノ庄落城のおり、母は髪にかざしていたべっこうの櫛を私に渡して涙ながらに言われた。

「ちゃちゃ、この櫛を私だと思って、いつも髪にさしていなさい。きっとあなたを守ってくれます。幸せになるのですよ。それから、妹たちをよろしくね」

そう言って母は、燃えさかる炎の中へ飛び込んで行った。その時の熱風と渦巻く煙は、まだ生々しく五感によみがえるほどだ。この京の暑さはその炎熱を思い出させる。

「湖国の夏は美しかった」

ちゃちゃは御簾《みす》越しの町の喧騒に顔をしかめる。

「もう一度、湖国へ戻りたいわ」

わざと、秀吉に聞こえるようにつぶやく。

「そのうちに、お連れいたしますよ。石田三成に命じて、急いで長浜城を改築させております。あなたさまのおられた小谷城よりも、もっとみずうみに近い城です。よく晴れた日には、天守からは向こう岸まで見渡せます」

小さな子供をあやすような秀吉の声に、ちゃちゃは苛立ちをつのらせ、爪をかむ。そんなちゃちゃにかまわず秀吉は話し続けた。

「天守からは代々の浅井一族が、熱心に参拝した竹生島神社も眺望できることでしょう。それに何より、名人と名高い利休に茶室を作らせております。もうじき、その利休がお茶事をする予定。その時には、ちゃちゃさまも」

みずうみの、よく晴れた日の水面のように、ちゃちゃの瞳がゆれた。

「本当ですか。本当に湖国へ連れて帰ってくれるのですか」

「はい。この秀吉は、ちゃちゃさまに嘘は申しません」

「本当かしらね」

ちゃちゃは切れ長の目のはしで、秀吉の視線をとらえる。秀吉はがらにもなく、赤面した。

「ですからどうか、ごきげんをお直しください」

ちゃちゃは婉然《えんぜん》とほほえむ。この、わずか十一歳の少女が時折見せる媚態に、四十八歳の秀吉は、手もなく心を奪われているのである。

輿は洛北の紫野大徳寺に近づいてきた。応仁の乱では、戦火のため主要な伽藍や塔頭は焼け落ち、しばらく寺は荒廃していたのだが、今では秀吉始め有力な武将たちの寄進で、めざましい復興をとげている。多くの戦国武将の帰依を受けて、広い敷地内には、普請を終えたばかりの塔頭《たっちゅう》が立ち並んだ。ひと時の心の安定を求めて、座禅を組みに訪れる武将も多いと聞く。

輿は表門から入ると、再建途中の三門の手前を左折して信長の父織田信秀の墓所である黄梅庵の前に進んだ。

門の前に老僧が待っていた。老僧はやせぎすではあるが、白くたれ下がったまゆ毛の奥の目は、強い光を放っている。侍は深編笠を目深にかぶり、その顔は見えない。

輿をおりたちゃちゃは、まず老僧に会釈をした。

「亡きお市の方さまのご長女、ちゃちゃさまにございます」

「私は、中巌《ちゅうがん》。この寺を預かるものです」

老僧はまばたきもせず、ちゃちゃを見つめる。その目に心の奥底までのぞかれているようで、ちゃちゃは思わず目をそらした。

「亡き信長さまの面差しに、どことなく似ておられますな。ようこそおいでくださいました」

ふと、後ろにひかえる侍に気がついた。

「わしの家臣じゃ。小牧・長久手の戦いより戻ったばかり」

「まあ」

と、言ったきりちゃちゃは声が出ない。胸の鼓動が急に早まる。乾いたのどから、自分ではないような声が出た。

「あ、あなたは」

「お久しぶりでございます。清洲城での織田有楽斎さまの香合わせでお会いして以来ですね」

ちゃちゃは、うっとりと見つめる。晴れた日の琵琶湖の、すんだ水面を思わせる眼差しはそのままだったが、以前より体が武張って精悍さが増している。

「京の暑さは油照りと言いますが、骨身にこたえる暑さです。湖国の夏がなつかしい。あなた様は近江の国や琵琶湖をごぞんじですか」

「ええ、私は湖国の出身ですから」

「まあ、そう」

どこかに懐かしいなまりを残した口調に、ちゃちゃは好奇心を覚えている。この人と、もっと話したい。みずうみに伝わる伝説について、隼別と女鳥媛について語ってみたい。

「こやつには公家の姫をめあわせたいのだが、うんと言わん。奥方さまが大事らしい」

秀吉のことばに、ちゃちゃは急にふきげんになる。自分でも、なぜだかわからない。ぷいと横を向き、さあ行きましょうと秀吉の手をとる。秀吉は相好をくずして、ちゃちゃに従った。唐門を入ると、右手に本堂がある。黒光りがするほどみがき抜かれた漆床に、ご本尊の釈迦如来さまがうつり込んでいる。ちゃちゃは、思わず手を合わせた。

「どうか、お父さまお母さまが、成仏なさっておられますように」

じっと見守っていた中巌和尚が、木魚の前に座り低く経を唱え始めた。ちゃちゃも秀吉も、その後ろに正座して手を合わせ、和尚の読経をきく。せみの声、松のこずえをゆらす風、和尚の読経。それらの音はいつしか遠のき、ちゃちゃは深い静寂の中にいた。何もない空間にただ一人、自分だけがいた。

そのまま長い時間がたっていたのか、それとも一瞬だったのか。時間も空間も何もない不思議なところにちゃちゃは、ただ在った。そしてなんとも言えない幸福感を感じていた。悩みも苦しみも恨みもないまったく平穏な世界に、ちゃちゃはいた。

「ああ、なんて清々しい」

ちゃちゃは深呼吸をした。それと同時にちゃちゃの意識は現実の世界に戻っていた。せみの鳴き声が聞こえる。体の感覚がもどってきた。真夏の暑さと線香の香りを感じた。老師の読経はとうに終わっていた。隣を見ると、秀吉が殊勝げに手を合わせ、瞑目している。先ほど感じていた平穏な気持ちは、瞬時に怒りにかわる。

「何よ。お前が戦さの指揮をしたくせに。お父さまとお母さまを、殺したのはお前なのに」

おさえきれないいら立ちに、ちゃちゃは唐突に立ち上がり本堂を出た。目の前には美しい枯山水の庭が広がっていた。小さな池の形はひょうたんをかたどっていて水は張られていないが、石橋《しゃっきょう》が渡らせてある。ちょうど季節の白百合が、苔庭のそこかしこから茎を伸ばし、今を盛りに咲いている。満開の百合が放つ甘い香りが、あたりにただよっていた。

「ああ、苦しい。秀吉の顔を見ていると、どうしても怒りがこみ上げてくる。ついさっきまでの安らいだ心にもどりたいのに。ああ、いやだ。この世に生きるのは、なんて苦しいんだろう。捨て去りたいのに、忘れたいのに」

ちゃちゃは、白百合を見つめる。花の純白さ、凛としてどこか甘い香り。まっすぐにのびた茎。それはまるで汚濁に満ちたこの世にあっても、何者にもおかされない天上の美を思わせ、さっきまでの鬱屈を忘れさせる。庭をながめているうちに、心のうちのやりきれない怒りも、根深い苦しみも、どこかへ抜けていくようだった。

「忘れたい。恨みもかなしみも忘れて、まっさらな気持ちで生きたい。だれか、私をすくってくれる人はいないかしら」

その時ちゃちゃは、どこからかさわやかな風を感じた。なんだろう、この穏やかさは。どこからやってくるのだろう。誰かの気配がする。誰かしら。あ、やはり。

その方は、ひょうたんの形をした池のそばに片ひざを立て、身じろぎもしないで、もの静かに控えていた。濃いまゆ毛、涼やかな目元、すんなりとした体つき、決然と結ばれた口元。一瞬ちゃちゃと目が合った。しかし、すぐにその目はつつましく伏せられる。

何だろう。頬がほてる。ふくらみかけた胸の先が痛い。体の奥がうずくような気がする。妙に喉がかわく。こんなふしぎな感覚を、ちゃちゃは今まで感じたことがなかった。白百合の香りが、いっそう濃く重く感じられ、息が苦しくなる。ちゃちゃは軽いめまいを感じて、その場にたおれかけた。その時、後ろからのびてきた力強い腕が、ちゃちゃの肩をつかんだ。

「どうされました」

ふり向くと、黒いずきんをかぶり、同じく黒い同服を着た背の高い男が、ちゃちゃの体を支えてくれていた。肉厚の唇、鋭い切れ長の目。

「大丈夫よ」

ちゃちゃは、気丈に姿勢を立てなおした。

「あまりに、暑いので」

「それならば、よろしいのですが」

男は、かなりの年配であるようだが、声もまなざしも強く、太い。しかし、その大きな目はどこかもの悲しげだ。

「おお、利休か」

本堂から出てきた秀吉が、精一杯の威厳を見せつけるように、大きな声で話しかける。

「殿下、よくおこしくださいました。殿下のお申しつけで作庭いたしましたこの直中庭、間もなく完成いたします。その前に、ぜひ殿下のご意見をうかがいたく存じまして」

すると、この方が天下に名高い茶の湯者の利休様。以前は伯父信長の茶の湯の茶頭を、つとめていたと聞いている。

「殿下、いかがでございましょうか」

「ああ。みごとじゃ。みごとじゃが、このひょうたん形の池は、どうした」

「殿下の馬印《うまじるし》の千成りびょうたんに、ちなみまして。この先の殿下の武運長久の祈りも、込めております」

「ふうむ。なかなか心にくい趣向ではないか」

あら、天下に名高い利休様も、権力者の秀吉におついしょうを言うこともあるのね。それに、伯父の信長さまが亡くなられた後、すぐに茶頭として秀吉に仕えるなんてどうかと思うけど。

「皆さま。この奥の茶室で一服のどをうるおしてはいかがかな。『喫茶去《きっさこ》』とも、もうしますぞ」

中巌和尚の低く響く声に、ちゃちゃはふと我にかえった。喫茶去。聞いたことがある言葉だ。どんな意味なのだろう。そう、あの時小谷城の落城寸前に、父長政が言っていた言葉だ。

しかし、尋ねるいとまもなく秀吉の声がした。

「おお、そうであった。姫も、利休殿のお点前でぜひ一服」

「では、私はこれで」

遠慮したのだろうか、あの方は立ち去っていった。去っていく後ろ姿を見つめながら、ちゃちゃは願った。

「どうかもう一度、あの方と会えますように」

ちゃちゃのその願いは、そう遠くない将来かなうことになる。それは、ちゃちゃの決して望まない形で。

「この昨夢軒《さくむけん》に座らせてもらうと、なんや心がくつろぎますわ」

利休は茶道具を運び込み点前座に座り居ずまいをただすと、一つ大きく息をして、思わず心の内をもらした。

「それはそうでしょう。利休さんの茶の湯のお師匠、武野紹鷗《たけのじょうおう》さんが堺で使っておられたお茶室を、そのまま持ってきましたからなあ」

中巌和尚が言葉を引きつぐ。

利休は、うなずいて

「引き取られた先が、このお寺で安心しました。よそだと、どうなっていたことやろか」

「聞くところによると、紹鷗さんは抹茶にしこまれた毒が原因で亡くなられたとか。なんともお気の毒なことでしたな」和尚が、片手拝みをしながら言う。

「三好一派が、紹鷗さまがお持ちだった紹鷗茄子の茶入れを狙ったとか、聞いたぞ」

と、秀吉。

「おかしなことですわ。もし、毒がしこまれていたなら、茶入れのふたの裏にはっている銀箔が変色したでしょうにな。どうにも、ふに落ちません」

利休は今でも、師の不幸を受けとめかねている。

「まあまあ。ここではそんな話はやめましょう。姫さまが、驚かれます」

中巌和尚が、ちゃちゃの顔をうかがいながらたしなめる。

いえいえ、そんなことはありませんわ。小谷城でも、北ノ庄のお城でも、毒殺・暗殺という言葉は、しょっ中耳にしていましたもの。いまさら驚いたりなどいたしません。私は心の中でつぶやき、ほほえんだ。二人は目くばせし合う。なんと気丈な姫だ、とでも言うように。

「そういえば、和尚さまに初めてお目にかかったのは、堺の南宗寺でしたな」

利休が、話題を変えた。堺の南宗寺は、臨済宗大本山大徳寺の末寺に当たる。ここ京都では、臨済宗は支配階級の上級武士に限られているが、町衆が持つ自由な気風が支配的な堺では、身分の上下に関わらず、南宗寺は多くの人に門を開いていた。

この時代の堺の寺院には、港からもたらされる海外の文化や情報が集まっていた。高麗、中国、琉球、呂宋、シャム・天竺さらには遠くポルトゲスやエスパニアの文物が次々に陸あげされていた。堺の町衆の間では、能、立華、茶の湯、連歌、香道などをたしなむ寄り合いが盛んで、商人たちの情報交換の場にもなっていた。

「利休さんはお若いながらも、茶の湯上手と評判でしたが、さらに磨きをかけようと、紹鷗さまに、入門を願われましたな」

「お二人は、そんな以前からの知り合いだったのか」

秀吉が、会話に割って入る。正客は和尚、次客《じきゃく》は秀吉、ちゃちゃは三客に座っている。

「はい。かれこれもう三十年にはなりますか。あの頃の紹鷗さまには、たくさんのお弟子さんがおられて、なかなか入門を許してもらえませんでした」

「そうでしたな。堺の名のある商人はいうにおよばず、武将の細川さんや三好さん松永さんも。合戦のあいまには甲冑を脱ぎ、姿をやつしてけいこに通っておられました」

「私は三日三晩、茶室の庭につくばって、入門のお許しを願ったものです。四日目の朝、倒れるように眠り込んでいた私を、中巌さんが見つけてくださって、紹鷗さまにとりなしてくださいました」

「紹鷗さんは、前から利休さんのことを見どころのある若者だと、言っておられた。ちと、利休さんを試されただけ。私は、ほんのすこしお助けしたまで」

「和尚さんも、おけいこをされておられたのか」

「いえいえ、秀吉さま。私はあの寺で、檀家の皆さんに座禅の手ほどきをしておりました。茶の湯の道と、禅の道は一体ではないかと、かの山上宗二も申しておりましたように、自然と二つの道が重なったのです」

山上宗二の名前が出ると、急に秀吉のきげんが悪くなる。利休は、話題を変えた。

「そういえば、和尚さまは中国に禅の修行に行かれた折に、天竺まで足をのばされたとか」

「まあ、天竺ですか」

だまって大人たちの会話を聞いていたちゃちゃが、思わず声をあげる。

「どんなところだったの、和尚さま」

「わしも聞いてみたい」

「長い話になりますが、よろしいですか」

「かまわぬ。かまわぬ。話せ」

そこからは利休は会話に加わらず、薄茶点前に集中していた。今日の茶碗は高麗青磁の平茶碗。暑い季節にはこの薄さが似つかわしい。

「留学僧として明に渡った私は、日夜禅の修行を続けておりました。朝は四時に起きて経を唱え、それから作務を行います。極寒の候であっても、まだ日も明けぬ暗闇の中、素足で雑巾掛けや掃き掃除。朝食といっても薄い粥。

明るくなると、外仕事。山の手入れやまき割りをします。碗を持って托鉢にも出かけます。昼食は、菜っ葉の煮物と香の物。薄い汁がつきます。午後は、自分の勉強をする時間もあります。経を唱え、師僧から出された公案を考えたり。夕方の作務の後は、昼食の残りをいただいて、一日の食事は終わります。もちろん、腹が減ってたまりません。水を飲んで我慢したものでしたわ。夕座では、師僧の講話があります。一日の疲れでうとうとしていると、先輩から激しく叱責されるので、みな緊張しております。

それが終われば就寝となるのですが、まだまだ修行は続きます。夜座があるのです。それぞれが吹き抜けの廊下に座り、座禅を組みます。先輩が終わるまで私たちは終われないのです。だいたい深夜、午前零時頃まで続きます。先輩がたが部屋に入られたら頃合いを見て私たちも入ります。それぞれの布団にくるまって、目を閉じたかと思うと、次の瞬間にはもう起床のどらが鳴っているのです。そんな修行が果てしなく続きました。眠いし腹がへるし、もう私は気を失いそうでした。

そんなある日、私は庭でまき割りをしている最中、高くおのを振り上げた瞬間に気を失って倒れてしまったのです。そのまま私は高熱を出して寝込んでしまいました。起きようとしても体に力が入りません。同輩たちが托鉢や作務にいそしんでいても、私だけは横になっているしかありません。申し訳なさに、食事が喉を通らなくなり、ますます衰弱していきます。せっかく日本から荒海をこえてやってきたのに、何も得られずここで朽ちはててしまうのか。自分のふがいなさに、くやし涙がでそうでした。

しかしいつになく気分が良い日がありました。私は布団からなんとか這い出て、先輩たちと一緒に夜座を組みました。久しぶりの座禅です。体が弱っているので、集中できないだろうと思っていたのですが、意外に快適です。そのうちに先輩がたは部屋に戻られ、私一人になっていました。うとうとしていたのかもしれません。

ふと気がつくと何やらかぐわしい香りがして、目の前に金色のかすみがたなびいてきました。なんだろう。ついに私の気が変になってしまったのだろうか。昔から、座禅を長い間組みすぎると魔境に入ってしまうと言われています。幻を見たり、自分が神や仏になったと錯覚したり、時には廃人になってしまう者もいたそうです。

かすみの奥から何かがこちらにやってきます。魔物だろうか、化け物だろうか。もしかしたら、これから地獄につれて行かれるのだろうか。私は恐怖におののきました。ついに悟りを開くこともできず、師僧から印可状ももらえず、このまま異郷ではてててしまうのか。

でも、かすみの中から現れたのは、なんと五蘊《ごうん》の雲に乗った禅の開祖、達磨《だるま》大師でした。私は目を疑いました。これは魔性のものが大師にばけて私をたぶらかしにきたのだ。私は、そいつを渾身の力でにらみ返しました。あのぎょろ目、せり出したひたい。長くたれ下がったまゆ毛。きっと結んだ口もと。にらみ合いは長く続きます。

そのうち、私はふと小さなため息をもらしてしまいました。その瞬間

「喝」

大音声がひびきわたりました。ああ、この方は本物だ。本物の達磨大師が現れてくださったのだ。私はそう瞬時に了解し、大師の前にひれふしました。達磨大師は無言のままじっと私を見つめ、西の方を指さすと、ついと消え去ってしまわれました。

どんな意味なのだろうか。私は暗闇の中一人で考え続けました。そのうち、日が昇ってきました。一筋の燭光がさした瞬間、私に一つの考えがうかびました。そうだ。西へ向かえとのお指図だ。大師の生まれ故郷の天竺へむかえと。

ふしぎなことに、その日から私の病状は好転し、起き上がって活動できるまでに回復しました。早速、師僧に夢のことをお話ししました。師僧は驚きながらも、私の天竺行きに賛成してくださいましたが、

「天竺のどこを目ざして行くのか。あてはあるのか」

「何もありませんが、とりあえず西へ西へと向かってみます」

「摩訶不思議《まかふしぎ》ではあるが、大師のご加護があるかもしれぬ。出立はゆるす。しかし、路銀は

出してはやれぬ。それでもよければ行きなさい。運よくこの国に帰ってくることができれば、またこの寺に戻るが良い」

私はいさんで旅立ったのです。

「さて、一服点ちましたぞ」

利休さんの声にちゃちゃは我にかえった。ああ、ここは日本だった。私たちは、お薄をいただくためにここに座っていたのだった。それほど、私は中巌和尚の話に引き込まれていた。

「こんな話でも、面白いでしょうか」

「時を忘れて聞き入っておりましたぞ。中巌様」

「それから、どうされたのですか。続きをお話しくださいませ」

「いや、まず一服いただいてからにしましょう」

和尚様は、薄づくりの青磁の茶碗になみなみと点てられた薄茶を美味しそうにすい切られ、また話し始めてくださいました。

「広大な砂漠、万年雪を頂く急峻な峰々。若かった私は、ひたすら天竺を目指しました。狼の群れに襲われ、野盗に捕まって身ぐるみはがれ、それはそれは難儀な目にあいました。ふしぎなことに、もうここで行きだおれるか、今度こそ命つきるのかとなんども覚悟しましたが、とある少年が現れて、水や食べ物を与え、着物を着せかけ、正しい道を示して、私を助けてくれたのです」

「どんな少年だったのですか」

ちゃちゃが、たずねる。

「十歳くらいでしょうか。髪はぼうぼう。身なりはそまつ。片足しか履物をはいていません。しかしやや青い目は澄みわたり、顔立ちも上品で、高貴の出のようでした。」

「ふうむ」

秀吉が考え深そうに、ため息をもらす。

「私はついに、天竺にたどり着きました。するとあの片方裸足の少年が再び現れて、私を立派な宮殿に案内しここで世話になるようにと告げると、そのまま二度と現れませんでした。

長い旅のせいで､私の足はもう一歩も歩けません。私は宮殿の門の前でへたり込みました。あやしいやつが来たと思ったのでしょう。門番が怖い顔で駆け寄り、両腕をつかんで引きずろうとします。どう言えば、私がはるばる仏教を学びにこの天竺までやって来たと、わかってもらえるでしょうか。

そうだ。私は思いついて、般若心経を唱えはじめました。引きずられながらも座禅を組みました。門番たちの顔色が変わり、奥から家の主人が出てきました。言葉は通じなくても、何か互いの心に響くものがあったのでしょうか。私は宮殿の中に招き入れられ、たいそうなもてなしを受けることになったのです。

その家は、かの達磨大師のお生まれになった家。大師の子孫の方たちは、はるばる中国から、いや日本からやって来た私を歓迎してくれました。我々一族には仏法を学ぶ方を大切にもてなせとの、言い伝えがあるのだと。

旅の疲れをいやしたのち、私はその家を拠点に天竺の国中をあちこちと、めぐりました」

「天竺とは、どのようなところであったか」

秀吉が身を乗り出して聞く。

「たいそう広い国でした。砂漠、密林、神々が住まうと言われる高い峰々。極寒の地もあれば、熱風が吹き荒れる灼熱地獄もありました。

虎、象、大猿、大蛇、危険な動物もおります。中でも神の使いとされる象は街中で放し飼いにされ、そこかしこを歩き回っています。神聖な生き物とされているので誰も手出しはできませんが、えさが足りないのでしょうか。やせこけたままそこらをうろつき、時には食べ物を求めて人を襲うことさえあるのですが、人々はただ逃げまどうだけでした。

そして、何億もの人間たち。どこへ行っても人間がひしめいていました。その人たちの貧富の差は激しく、富めるものはこの世の極楽に住み、貧しきものは生きながらの地獄に暮らす。そのような国でございました」

「釈迦の、教えの仏道はどうなっていたのだ」

「仏法は、お釈迦さま入滅ののち数百年でおとろえ、そのあとは昔からその地に伝わる婆羅門《ばらもん》教が再び栄えておりました。

婆羅門には太古から伝わる摩訶不思議な呪術があって、護摩壇《ごまだん》に火を焚き特別な真言をとなえると、人の命や運命を自在にあやつることができると言われています。病気が治り、戦さでは敵に勝ち、商人には富が転がり込んでくると。

その秘法は特別な家系の親から長男へと口伝で伝えられ、決して外部にはもらさぬよう固く戒められております。かの地の人々は、何かあるたびに婆羅門の高僧に護摩焚きを頼んでおりました。今では仏教の寺院は荒廃し、仏門に修行に入るものもおりませんでした。」

「そうか、かの地ではすでに仏法は衰えているのか。なんたることだ」

「達磨大師は、くやしい思いをされておられたのかも、しれませんな」

「実は、中国に戻ってから聞いたのですが、中国にある達磨大師の墓をあばこうとした盗賊が棺を開いたところ、亡骸は形もなく、片方の履物しか残されていなかったと」

「では、和尚さまを助けたあの少年は、やはり」

秀吉が、感慨ぶかげに言う。

「ただ」

「なんじゃ」

「日本の瀬戸の海と見まごうほどの大河、恒河の川に遺灰をまくと、来世は幸せな人生を送ることができるとの太古からの言いつたえがあるそうです」

「ほお、生まれ変われるのか」

「そこで私は、天竺の旅の最後に、恒河のほとりの波羅奈国《バラナシ》に、立ち寄りました。

波羅奈国へ向かう街道には、布に包んだ死体を乗せた荷車が、ひしめいておりました。長い雨期が始まる直前で、雨雲が低くたれ込めひどく蒸し暑いのです。やせこけた牛の垂れ流す糞尿と人間の死体のくさる匂いで、さすがの私も気分が悪くなりそうでした」

和尚は話をやめ、ちゃちゃの顔を見やった。こんな話を、まだ幼い少女に聞かせて良いものか。こわさに泣き出すのではなかろうか。秀吉も心配そうに見る。

しかし、この美少女はまゆひとつ動かしていない。平然と利休の点前をながめている。話の内容は耳に入っているはずだが。

ちゃちゃは、わずかに中巌和尚の方に視線をむけた。話の続きをうながすかのように。和尚は、再び話し始めた。

「恒河のほとりには、巨大な火葬場があり、国中から次々と集まる死骸を、昼夜燃やし続けておりました。

亡骸を焼いた灰は、火葬場からそのまま川に流されます。火葬場の火は天地開闢《てんちかいびゃく》以来絶えたことがないとも、いい伝えられておりました。荼毘《だび》にふした数は、数十億にも及ぶでしょうな」

「まあ、そんなにたくさんの」

ちゃちゃの脳裏に、無数の人々の死体が川を流されていく様子が浮かぶ。骸骨のようにやせ細ったもの。おびただしい血を流すもの。何かの恨みで憤怒の形相のもの。その中には、お父様やお母様、配下の武将や足軽たち。罪なく命を絶たれた百姓や家族たちが見える。ちゃちゃは頭をふり、その残像を追いはらった。大きく息をして、気持ちを落ち着けた。

中巌和尚の話は続いている。

「彼の地では、人間がこの世に背負って生まれて来た前世からの宿業《しゅくごう》、それはかの地ではカルマと言われていましたが、その宿業が浄化されない限り、再びこの世に生まれてくると言われていました。

しかし、再び人間に生まれてくることができるのはほんののわずかな確率で、犬や猫などの動物、空を飛ぶ鳥、地をはう虫けらに転生するものがほとんどだと。もっと極悪な罪を犯した者は、恒河の向こう岸の命のない砂つぶに生まれてくるのだそうです。

そこからまた、長い長い転生を経て、やっと人間の肉体をまとってこの世に生まれてくると。ですからこの世に人間として生まれてくるのは大変な幸運であるので、決して人殺しなどの大罪を犯してはいけないのだと、教えられています。その教えは身分の貴賤を超え、老若男女おしなべて信じられているようでした。」

しばらく、沈黙が流れる。ちゃちゃは亡くなった父や母に、秀吉はこれまでに殺戮してきたおびただしい数の戦死者のことに。そして、自らの行く末のことに、想いをはせずにはいられなかった。

「わしは、次の世では猿に生まれてくるかもしれぬ。亡き信長様に猿、猿と呼ばれていたからのう。それとも猿にたかる、のみかもしれぬのう」

秀吉のおどけた言葉に一同は少しなごむ。しかし決して笑い声をもらしてはいけない。天下人秀吉の逆鱗にふれると、何をされるかわからない。

中巌和尚が、話題を変える。

「しかし、また別の言い伝えもありました。日の出直前に恒河の水で沐浴すれば、この世で犯した罪穢《けが》れを全て洗い流すことができ、苦しい輪廻の轍《わだち》から抜け出して、永遠の平穏にとけ込むことができるのだと」

「何と」

秀吉の目がかがやく。

「わしも、その河につかってみたい。それで、わしの罪業が、清められるのなら」

「たいそう汚い河です。死者の灰、動物や人間の汚物、生焼けの死体まで浮かんでおります。それでも、かの地の人々は聖なる川とあがめて身をひたし、口をすすいでおりました。」

「行ってみたい。わしは、そこへ行きたい。この身の罪障を洗い流せるものならば。どうしてもそこへ行かねばならぬ」

秀吉は低くうなった。

ちゃちゃは心の中で舌を出した。そんなことで、つぐなえるわけはないでしょう。あなたを恨んで死んでいったお父さまやお母さま、義父の勝家さま、あまたの武将、兵士、比叡山の僧侶、一向宗の門徒たち。家や田畑を焼かれた百姓や町人たち。数え切れないほどの怨みがあなたに取り付いているのよ。あなたが無残に命を奪ってきた者たちが、許すはずがありません。

ちゃちゃはわざと快活な声で中巌和尚に尋ねた。

「和尚は、沐浴されたのですか」

「さあ、どうでしょうか」

和尚はきれいに禿げた頭を、平手でたたきながら、豪快に笑った。

ちゃちゃは心のうちで考える。きっと、河に入られたんだわ。そうに決まっている。でも和尚様の宿業は、はたして消えたのかしら。中巌和尚をじっと見つめてみた。これまでの罪証をすべて洗いながしたようには見えないけれど。

「天竺の話はまたのおりに。まずは、もう一服いただこうでは、ありませんか」

ちゃちゃのいぶかしげな視線を感じて、中巌和尚は、会話を打ち切ろうとした。

「中巌和尚。唐の話もいずれ」

「承知」

それからの、秀吉は沈黙したままだった。

黙したまま、しまい点前をする利休さんの大きな背中が何か言いたげだ。ちゃちゃは利休の心のうちをおしはかる。秀吉の茶頭として公の政にも大きな力を持っていると聞くけれど、本当は秀吉のことをどう思っているのだろうか。

伯父の有楽が、ないしょ話として話してくれたことを思い出した。利休さんやさっき話にでてきた山上宗二が目指している「侘び茶」の精神と、秀吉が好む黄金ずくめの茶室は。ずいぶんとかけ離れている。今は秀吉の権力に従っているけれど、いつかは我慢しきれなくなるだろう。そんな話だった。利休さんは黙々と道具を運び出し、茶会は終わった。

秀吉は帰りの輿の中で、物思いにふけっていた。そうなると、ちゃちゃは気に入らない。

「何よ。私なんてまるで無視。あなたが熱心に誘うから一緒に来てあげたのに」

頬をふくらませ、秀吉の顔をにらみつけている。秀吉が、思いつめたようにつぶやいた。

「わしは、これまで数えきれないほどの命を奪ってきた。こんなわしでも、朝日を浴びながら天竺の河につかれば、本当に罪業が清められるじゃろうか」

ちゃちゃと秀吉の目が合った。どこか、小ねずみを思わせる、おどおどとした目だった。

「私にはわかりませんわ」

「まだお若いちゃちゃさまには、おわかりにはなりませんでしょうが、私は時々、夜中にうなされることがあります。無数のドクロが、闇に浮かんでいて、そして……」

秀吉は、おびたように口をつぐむ。ちゃちゃは、少し秀吉がかわいそうになった。だれもが上洛をねらっていた京を手に入れ、畿内の第一の実力者となった今でも、来し方行く末を考えて不安になることがあるのか。

そういうちゃちゃも、小谷城や北ノ庄城の落城まぎわの阿鼻叫喚の光景が、時々不意に脳裏をよぎることがある。もう終わったことだと自分に言い聞かせても、夕焼けを見たり松明の炎を見ると、思い出さずにはいられない。この苦しさを秀吉も味わっているのか。ちゃちゃはこの日本一の権力者に、なぜかあわれみを覚えた。

二人を乗せた輿は、日が落ちてもまだ暑熱のおさまらない京の町を、ゆるゆると進んでいった。

あの日以来、秀吉からは何の音沙汰もない。以前のように、贅沢な衣装、珍しい食材はひんぱんに送られてくるのだが、秀吉自身は、全く姿を現さなくなった。

侍女たちも、うわさする。

「どこぞで、戦さが起こったのでは」

「京の町の復興で、手がいっぱいとか」

「いえいえ、またどこぞで見目よいおなごを見つけたのでは」

ちゃちゃも、何となく物足りない。あの日、大徳寺からの帰りの輿の中でかいま見た、秀吉のおびえた子ねずみのような目を、日に何回となく思い出す。

「あんなに家臣をたくさん従え、権勢を誇っている秀吉でも、心が弱ることがあるのね」

でも、反面いい気味だと思う。

「たくさんの人たちを、殺したむくいよ。せいぜい、苦しむといいわ」

季節はいつの間にか秋へとうつり、中秋の名月の夜がやってきた。

数日前から、ちゃちゃは何となく心が波立つ。つい、妹たちに意地悪を言ってみたり、侍女たちに当り散らしたり。満月が山の端に登り始めると、もう居ても立っても居られないほどに、気持ちが高ぶった。

夕餉の膳にも、はしが進まない。妹たちの笑い声が勘にさわってしかたない。とうとうちゃちゃは、ぷいと庭に出た。いつもよりは、ずいぶんと大きく、赤みをおびた月だった。ちゃちゃは露台にすわり、月の冷ややかな光を全身に浴びた。

今夜はなぜか、ほんのひと時でよいから、一人になりたかった。高ぶった気持ちをしずめたかった。大きく呼吸をする。虫の音に耳をすます。月をながめる。だんだんと気分は落ち着いてきた。

「もしかしたらあの方が、私の隼別皇子かも」あの武将の涼やかな眼差しを思い出すと、体の奥から熱いものがどくどくと流れ出した。

その日ちゃちゃは、初潮をみた。

第四章　夜咄《よばなし》の茶事

季節はゆるゆるとうつりゆく。本能寺の変ののち、明智光秀の軍におそわれて炎上したここ安土も、秀吉の援助で復興がすすみ、城下には少しずつ人がもどってきた。往時のにぎわいにはまだおよばないが、どこからか帰ってきた商人たちが再び店を開き始めた。

ちゃちゃたち三姉妹は、秀吉の命により、有楽伯父とともに応急の手当てをされた安土城に住んでいる。湖畔にある安土の地は、京より少しばかり秋の訪れが早い。薄水色の空を映すみずうみはいっそう透明になり、復興いちじるしい町の活気に湖面もゆらめいているようだ。

故信長伯父が御所をまねて造営したと言われる本丸や二の丸はすでに美々しく再興され、戦乱のあとはみられないが、焼け落ちた天守閣だけは手つかずで、威容をほこった七層の壮麗な建物はむざんな姿をさらしたままだ。秀吉が、なぜ天守閣を焼け落ちたままにしているのか。色々と世間は噂している。信長の権威はすでに失われたのだ、と。もう世の趨勢《すうせい》はうつり変わり、この秀吉が近畿の覇者なのだと、天下に知らしめたいのであろう。それが大方の見方のようだ。

ちゃちゃは朝に夕に、焼け落ちたままの天守閣をあおぎ見る。父、浅井長政を攻めほろぼしたにくい信長ではあるけれど、ちかしい血が流れている伯父が、目をかけ信頼しきっていた重臣の明智光秀にふい打ちにされ、心血を注いだ安土城に火を放たれたことに、なんとも言えないこの世の無常さを感じている。

栄えているものは、いつかは滅びる。どんなに親しい人とも、別れの時が訪れる。ごく幼い頃から二度もの落城を経験し、世の動乱を見てきたちゃちゃは、年齢に似合わない諦観した思いを心にいだいている。秀吉からの、豪奢な衣装の贈り物にも、心は動かない。すぐに古びてボロ切れになるか、戦火にあってむざんに焼けこげるか、あるいは自害してはてた母の贅をこらした打掛けのように、鮮血に染まるかだろうにと思うだけである。

この十歳をわずかに過ぎたばかりの少女の胸に巣くう虚無感は、ちゃちゃだけのものではなかった。この時代、戦乱の世を生きる人すべてが、心のどこかに感じているものであっただろう。

一日ごとに日の光はおとろえて、紅葉は散り、いつしか冬至の候となった。虫の声はとうにたえ、庭の前栽《せんざい》も枯れて、さびしくわびた風情になっている。ちゃちゃは、ものみな冷えと枯れ果てたこの厳冬の庭の風情が気に入っている。せっかく芽を出しかけた水仙や、ふくらみかけた侘助のつぼみがむざんにも凍てつき霜がれている、その荒涼たる景色。ちゃちゃはそこにもまた、この世に常なる無常を感じずにはいられない。

そんな折、大徳寺黄梅庵の中巌和尚から文が届いた。

「短日の候
　夜咄にて御茶一服差し上げたし
　　　　　　　　　　　　　当庵にて」

　夕刻より始まる、夜咄しの茶事の誘いだった。茶室にろうそくの明かりだけを灯し、ゆるゆると懐石料理と茶を楽しむ。冬の夜の夜咄しの茶事は堺や都の豪商の間で、このごろ盛んに行われていると、聞いたことがある。暗闇にたよりなげに浮かぶろうそくの炎が、集った人の心を近づけ、日頃は口にしない本音がポロリと漏れ、よりいっそう互いの心を寄り添わせるのだと。

　ちゃちゃは気持ちをそそられた。面白そうだわ。それにまた、あの人に会えるかもしれない。中巌和尚、利休殿、そして、あのお方。

「行こう」ちゃちゃの決断は、早い。

　むかえの輿からおりると、冬の陽はすでに落ち、大徳寺のある紫野あたりは冷え冷えと濃い闇につつまれていた。黄梅庵の門前に、武士が一人ひかえている。ちゃちゃの動悸が早まった。この数ヶ月ずっとそのおもかげを胸にいだき続けたあの方だ。

「ちゃちゃさま、よくお出でくださされました。本日の茶会に、ご一緒させていただきます、石田三成にございます」

　え、三成……。はずんでいたちゃちゃの心は一瞬でしぼんでしまった。でもちゃちゃは、そんな心の内を決して顔にはあらわさない。武家に生まれた娘として、それくらいのことは、当然の心得だ。

「あなたさまも、湖国のお生れとお聞きしております。よろしく」

ちゃちゃは、婉然とほほえむ。松明の灯りに照らされたこの少女の美貌は、これからのちも長く彼の心に刻まれることになる。

足元を照らす手燭《しゅしょく》に導かれ、腰掛け待合まで案内された。待合には、先に秀吉が座っていた。小柄な秀吉は寒さで少し背をかがめているので、気の毒にも豪華な衣装をまとっていてもどこか貧相に見える。そうだった。この男がいたのだった。ちゃちゃは、すっかりと秀吉のことを忘れていた。この男とともに、茶事の四時間もの長い時間をすごすのか。こんなことなら、安土のお城で妹たちと一緒にいた方がよかったわ。でも、いまさら逃げ出すわけにもいかない。ちゃちゃは失礼のないように、ていねいに黙礼した。

白湯《さゆ》がふるまわれ、やがて茶室に案内された。秀吉と三成は腰のものを刀掛けにかけて、にじり口より頭を下げて入る。

「殿下、ご心配なく。配下の者をあちらこちらにひそませております」

「そうは言っても、ちと気味が悪いのう」

それはそうだ。二人は丸腰、おまけに外は暗闇。利休殿や中巌和尚を信頼しているからこそ、刀を外して茶室に入るのである。茶室の中では身分の上下などないを信条とする利休の強い信念が感じられる。それにしたがう秀吉殿も、なかなかに潔いと、ちゃちゃは思った。これまで、茶の道とは心おだやかな雅なものと考えていたが、どうやら利休の教えは違うようだ。

ある意味、命をはって行なうものらしい。まるで戦さ場のようだ。私も覚悟を定めよう。ちゃちゃは、気を引きしめた。

正客は秀吉、次客はちゃちゃ、三客には三成が座る。茶道口が開き、中巌和尚があいさつに現れた。

「本日は、よくおいでくださいました。私がお点前をすべきところ、よる年波には勝てず、今回も利休殿にお願いいたしました。どうか、ごゆるりとお過ごしくださいませ」

明かり障子は外され、薄い杉板を張った板戸に替えられている。外からの灯りは、茶室には全く入らないし、茶室のともしびも外にはもれない。外部からはまったく閉ざされた空間にちゃちゃたちは座っている。暗闇の中で、灯火の灯りはひときわ輝いて見えた。

この灯りだけが頼りだわ。外の様子はまるでわからない。たとえ敵がひそんでいてもその気配すら感じられない。本当に命がけだ。

床には丸の形だけが一筆で書かれた円相の掛物。誰の書なのか、暗がりでよく見えないが、いずれ禅の高僧の手によるものだろう。うす紅の侘助が一輪だけ活けてある。利休の点前で薄茶が点てられる。もう年の瀬も近いこの季節ではあるけれど、この部屋は暖かい。炉には炭火がおこされ、大ぶりの茶釜からは湯気がさかんに立ち上っている。釜鳴りの音、茶せんを振る音が、茶室に静かに響く。誰も声を出す者はいない。

ちゃちゃたち三人の客は、身じろぎもしないで利休の点前を見守る。見入るうちに点前をする利休の姿も、それをながめる自分たちもいつか輪郭がうすれ、誰が点前をしているのかそれを見守っているのは誰なのか、定かではなくなってくる。とぼしい明かりの中で、それぞれが自分の心を見つめていると、やがて自分が溶け失せ闇にまぎれ込んでしまう。そんなふしぎな時が、ゆるゆると流れた。

「時分どきになりましたので、粗飯などをさし上げましょう」

にじり口が開いて、半東《はんとう》が折敷に載せた汁物を運んできた。鍛えた体、すきのない所作、頬にはあばたのあと。誰だろう。ちゃちゃの膝前に汁物椀をおく。一瞬目が合い、すぐにふせられた。その目の奥に強い光が感じられた。この目を私はどこかで見たことがある。しかし、思い出せない。男はなおも給仕を続ける。背すじがのび、所作がえもいわれず美しい。だれであったか。

半東がふすまをしめて去った後、秀吉がいまいましげに呟く。

「宗二か」

ちゃちゃは利休門下の筆頭弟子である山上宗二をはじめて見た。うわさではかなりのへんくつ者と聞いている。でも、その姿にはたしかに見おぼえがある。首をかしげるちゃちゃに、秀吉が教えた。

「甲賀の末裔だ。一族は何者かにほろぼされたが、あやつ一人だけが生きのびた」

「あ、道一」

ちゃちゃの胸に小谷城の思い出がよみがえる。あの道一が、宗二とは。

「なんとも、いまいましい奴だ」

どうやら秀吉は、茶人としての山上宗二をよくは思っていないらしい。

この茶室「昨夢軒」は、利休と宗二の茶の湯の師匠武野紹鷗の死後、利休が堺からここ黄梅庵に移築したものだった。その茶室で茶会が開かれると聞き、宗二は紹鷗亡きあとの師となった利休にたのみ込んで水屋の手伝いに入らせてもらっていた。

「ちゃちゃ様。お美しくなられて」

宗二はうす暗い水屋にうずくまり、小谷城での日々をなつかしく思い出していた。あれから年月がたちました。おわかりにならなかったのも当然でしょう。しかし、私の心はいまでもあなた様の警護役のまま。宗二の胸に、甘美な思いがあふれた。


こと宗二は、茶の師利休と同じく堺の町衆であった。店の屋号は薩摩屋。なたね油をあきなっている。畿内一円にいくつもの支店を持ち、なたね油の入ったかめを背負った男たちは、北陸から山陽山陰まで広く行商に出ていた。

先代の当主は宗二の叔父にあたる。夫婦に子がなかったので、山上の里で何者かの襲撃にあって父母を亡くした道一を養子として迎えた。養父は道一が二十歳を過ぎたころ亡くなり、家業をついだ。

当主が亡くなっても、店の商売は安定していた。実権は義母と忠義者の大番頭がしっかりと握っている。それをいいことに道一は茶の湯のけいこに明けくれていた。

道一は幼い頃、はじめて町衆仲間の今井宗久の茶会に、養父に連れられて参加した。席主は室町幕府の同朋衆、能阿弥の弟子筋に当たる音阿弥だった。その当時はまだ「書院の茶」がさかんで、宗久の書院造りの会所にはどの部屋にも室町幕府が困窮のため手ばなした唐物の茶道具がかざってあった。

大広間に集まった客たちは、まず床の間の掛け軸を拝見する。

「みごとですなあ」

その掛け軸は宗の時代の禅僧、牧谿《もっけい》の水墨画だった。中国の漁村の夕暮れの風景が描かれている。どこか宗二の故郷である近江琵琶湖の景色に似ている。見ている自分の心まで広々としてくる、雄大な構図だった。

「いいなあ、いつかは俺もこんな絵を自分の茶室にかざってみたいものだ」

道一の目は吸いつけられるように、その絵から離れない。墨絵からは夕凪《ゆうなぎ》のじっとりとした湿気と、木々の葉の香りが漂ってくるようだった。

「この絵が気に入ったのか」

養父は苦笑しながら道一にたずねる。

「いくら出したら買えるのか」

「二千貫出しても買えぬぞ」

道一は、だまり込んでしまう。

「ほしい、この絵がほしい。いつか必ず買ってやる」

それからの茶会の様子はよくは覚えていない。中国の景徳鎮で焼かれたという、青磁の茶碗も螺鈿《らでん》細工の蒔絵《まきえ》の茶入れも、目に入ってはこない。あの絵が欲しい。手に入れたい。その思いでいっぱいになってしまい、茶だて処で点てられたばかりの薄茶を味わうのも上の空だった。

帰り道で、養父に聞いてみた。

「俺でも茶の湯を習えるのか」

「ああ、習える。堺の名だたる町衆やお武家様たちとお付き合いするには、茶の湯を通じて知り合うのが一番だからな。わしは茶の湯のけいこを始めるには、歳をとりすぎているが、お前ならだいじょうぶだ。早速けいこに通うがよかろう。京から来られている武野紹鷗様にたのんでみよう」

「音阿弥様ではないのか」

「実を言うとな、音阿弥様の茶はもう古くさいと言われているのだ。高価な唐物をこれみよがしにかざり立て、点てだしの茶をのませるだけ。そのあとの酒宴では、みな羽目を外しどんちゃん騒ぎ。心ある者は、はなれているらしい」

「武野様の茶はどうちがっているのだ」

「それはな」

養父は何か言いかけたが、途中で言葉を飲みこんだ。

「行ってみればわかる。楽しみにしておれ」

それから数日たち、道一は紹鷗がけいこ場にしている町屋に出かけた。けいこ場は堺の町衆の店が軒をつらねている大通りから少しはなれた所にあった。わらをすき込んだ土壁、屋根は茅葺《かやぶき》、四畳半の茶室にひかえの間、それからお水屋。ひょうし抜けがした。これが今ひょうばんの紹鷗どののけいこ場か。ずいぶんと簡素、いやはっきり言って貧乏くさい。ここで、けいこをするのか。とたんに気分が滅入ってきた。それでも気を取り直し、茶室の周りを掃除している大男に声をかけてみた。

「薩摩屋の道一という者です。紹鷗様に入門をお願いしに参りました。お取り次ぎを」

大男はのっぺりとした面長の顔に二皮《ふたかわ》まなこ、肉厚の唇はへの字に曲げられ、どうにもきげんが悪そうに見える。うさんくさげに道一を見おろした。

「ただいま師匠はお取り込み中である。出直されるかしばらく待つか、どちらかですな」

「手紙にて時刻をお約束したのですが、お取り込み中とは。いったいどなたがお見えなのでしょう。さぞかし、大事なお方なのでしょうな」

自分が軽くあしらわれたようで、道一はおもしろくない。

「しばし、待たせていただきます」

木かげを求めて、大王松の大木の下の大きな庭石に腰かけた。暑い。梅雨が明けたばかりの雲ひとつない空からは、黄金いろの光がふり注いでくる。地上に這い出たばかりのせみの声がかますびしい。大気は潮の香りをふくみ、道一の心をここではないどこかに誘う。

道一は放心した。暑さ、まぶしさ、命の限りと鳴くせみの声、松の香り、ここちよい風。いつしか水彩画の名手、牧谿の絵の世界にあそんでいた。

た。

「ああ、いい気持ちだ」

「おい」

さっきの大男が、目の前に立っている。道一は現実にかえった。そうだ。ここは南宋寺だった。

「客人がお帰りになった。師匠様がお呼びだ」

渡り廊下を墨染めの衣をまとった、僧が歩いている。どなただろう。どっしりとして威厳がある。相当高位のお方だろう。

「笑嶺《しょうらい》様だ。南宋寺住持の」

ああ、あの方が笑嶺様。諸国の大名達がこぞって参禅し、教えを乞うていると言われている。道一は僧の後ろ姿に合掌し深くこうべを垂れた。

道一は四畳半の茶室に迎え入れられた。真夏とはいえ、茶室の中はひんやりと涼しく、うす暗い室内にはかすかに香の残り香がただよっている。

武野紹鷗は、床を背に正座し道一を見すえた。

「お前様が道一殿か。わしに入門したいということじゃが」

道一は平伏する。

「是非とも、入門いたしたくお願いにまいりました」

「そうか」

紹鷗は、許可するともしないとも言わない。

「まずは一服どうじゃ。禅の公案書、壁巌録《へきがんろく》には『喫茶去』の一文が書かれている。共に茶を楽しもうではないかという意味だ」

茶道口からさっきの大男が入ってきた。道具畳に座り点前をはじめる。

「この男は、千与四郎と言って堺の魚屋の跡取りじゃ。わしの弟子の中でも、一番の有望株。できる男だ」

与四郎は、悠然と点前を続けている。そこしかない場所にぴたりと置かれる道具。清流が流れるような手順。道一は、そのみごとさに見とれていた。

「さて、道一殿は私の茶の湯から、何を学びたいのかな」

道一は、言葉につまる。養父の言ったように、大名や有力者たちへ近づくためなどとは言えないし、めずらしい唐物の茶道具を拝見したいからとも、言えない。

「わ、わ、私は……」

頭に言葉はあふれるのだが、道一の舌はもつれる。

あせる道一の頭に浮かんだのは、もう亡くなったたじじ様の言葉だった。甲賀忍者の頭領だったじじ様は、幼い道一にくりかえし語ってくれた。

「よいか、道一。忍びの術というものは、あつかい方をまちがえると、とんでもなく危険なものだ。人の信頼をあざむいたり、命をうばうこともある。だから、世のため人のためになると確信が持てた時だけに、使うのじゃぞ。決しておのれの私利私欲のために術を使ってはならぬ。よくよく肝に命じておけ」

じじ様は何者かの襲撃にあって殺されてしまった。山上の屋敷は焼き尽くされ、跡形もない。からくも命を取りとめた道一は甲賀の里を離れたが、忍びの修行は今でもひそかに行っている。

「わ、私が茶道のけいこをすることで、世のため人のためになるように」

「ほう。くわしく言ってみよ」

道一はふたたび言葉につまる。沈黙が茶室に流れた。陽はかたむき、ひぐらしの少しものがなしい鳴き声が聞こえてくる。与四郎が振っていた茶せんの穂先が止まり、薄手の白磁茶碗になみなみと、お薄が点てられた。

道一は一膝進み、茶碗を受けとる。一口すする。なんだろう、このえも言われぬ味わいは。私の波だった心をしずめてくれる。他の人が点てた茶とは大ちがいだ。何がちがうのだろうか。道一は、三口半で茶を吸いきった。茶碗の底には少しのだまも残らず、白磁の地肌には抹茶色の紗がかかっているように見える。みごとだ。飲み終わった後の景色まで美しい。道一は感心した。俺もこのように茶を点てたいものだ。

「さて道一殿、先ほどの返答は」紹鷗が再びたずねる。

「私は、与四郎様の点てられた茶をいただき、つくづくと思いました。点てた人によりこのように茶の味が違うものかと。私はこの方のように茶を点てたい。いただく人の心が穏やかになる茶を点てたいと存じます」

うまくしゃべれた。道一は安堵する。紹鷗は軽くうなずいた。しまい点前をしている与四郎が、目のはしで道一の顔をちらと見る。

「では、入門を許そう」

しゅびよく入門を許されたが、道一は与四郎とちがい内弟子ではない。家から週二回けいこに通う。と言って、点前の練習をするのではなく、まき割りや炉の灰作り、庭掃きなどをするだけで、茶道具にはさわらせてもらえない。茶室の掃除も、しばらくは禁じられていた。

「ちっ。いつになったら点前の練習ができるのだ。これでは下男奉公同様だ」そう思いながらも、道一は黙々と下働きをつとめた。

半年ほどたった頃、兄弟子の与四郎が声をかけてくれた。

「そろそろ、割りげいこに入ろう」

やっと割りげいこか。それでも道一は心おどらせて与四郎の後にしたがった。茶巾のたたみ方、茶せんの振り方清め方。そのけいこは、くりかえしくりかえし、うんざりするほど長く続いた。どうしてこんなことばかりするのか。もう、じゅうぶん頭に入ったのに。いつになったら茶の点て方の手順を教えてもらえるのやら。道一の足は、いつのまにかけいこから遠のいていった。

「おや、今日もおやすみかい。けっこうな代金を払ってるのに、もったいないことだ。そんなことなら、やめちまいな」

おっかさんに叱られても、道一はけいこに行く気がしない。堺のおもだった町衆や、戦国大名たちがけいこをつけてもらっているのに、いくら新参の弟子とはいえ、自分だけ下働きをするのはどうにもおもしろくないし、割りげいこも、くり返しばかりであきたのだ。そのまま三月が過ぎようとしていたある日、与四郎がふらりと店をたずねてきた。

「よお、道さん久しぶり」

「兄弟子、よくきてくださった」

師走前の店はかき入れどきで、みんな忙しげに走り回っているが、道一だけはすることもなく、店の奥で火鉢の炭のお守りをしていた。

「この頃けいこ場に姿が見えないと紹鷗さまが案じておられて、私に様子を見てくるようにと」

「そうですか」

それきりで道一には次の言葉が出てこない。

「港の方まで行ってみないか」

二人は夕暮れ近い師走の堺の町を連れ立って歩き始めた。

大通りにはにぎやかに提灯の明かりがともり、諸国の商人の店が軒を並べていた。南蛮の赤い酒が売られている。二人は竹筒一杯分を買い、歩きながら飲んだ。

「なかなかの美酒ですな」

「葡萄酒と言って、あちらでは水代わりに飲んでいるとか。天主教の礼拝では、皆で回し飲みをしているそうですぞ」

「近頃堺にも南蛮人や、シャム安南の人が増えてきました」

「明日にはポルトゲスから大きな船が着くそうです。また、にぎやかになりますなあ」

二人はいつの間にか、堺の港の近くまで歩いていた。

「ところで、道さん。おけいこは、どうなさるおつもりで」さりげなく与四郎がたずねる。

「はあ、それが……」道一の口が急に重くなる。

「紹鷗様の茶は、私が思っていたのと少し違っているのです」

「どのようにかな」

「私は、もっと派手やかな書院の茶が好きなのです。唐絵や唐物の茶道具をいくつも飾り、金箔を散らした器でご馳走を食べるような。酒宴には遊び女を侍らして、大いに騒ぐ。日頃のうさが晴れるような、そんな茶が好みです」

「なるほど」

わずかに与四郎がうなずく。

「紹鷗様の茶では唐物はわずか一点のみ、お軸はどこかの高僧が書いたらしい円相が、もっともらしく床に飾ってあります。あんな丸だけを描いたいたずら書きのようなものが大事そうに飾られていても、私にはなんのことやらわかりません。つまらないのです。退屈なのです。貧乏たらしいのです。紹鷗様の茶は」

葡萄酒に酔った勢いもあって、道一は一気に胸の内をしゃべった。

「そうかもしれませんなあ」与四郎は、あいづちを打つ。

「しかし、そうではないかもしれませんよ」

「と、言うと」

与四郎は暗くなってきた海を見つめながら語り始めた。

「たとえばこの海ですが、道一殿には何が見えますか。暗くなってほとんど見えなくなってきましたが、海面のうねりと波が見えますな。しかし、それだけでしょうか。海を泳ぐあまたの魚、海底の起伏、遠くをいく船。目には見えなくても、そんなものがいるはずです。いつも床にかけてあるあの円相の掛軸ですが、あれは今年八十になられた笑嶺老師が書かれたもの。あの丸で囲まれた中に、道一殿は何を見ますかな」

道一は、あの禅画を思い浮かべた。かすれかけた墨で勢いよく描かれた円。その円の中には何も見えない。見えるはずがないではないか。ただの紙の空白にすぎない。

「紹鷗様は、いつかこう仰せになりましたぞ。この円相の中に己を見よと。己の姿を写せと」

あっと、道一は息をのんだ。こんな言葉を俺はいつか聞いたことがある。そうだ、今は亡き父上からだ。俺が十歳になった時、家に代々伝わっている忍び刀を渡し、こう言った。

「この刃にうつる自分が、恥ずかしくないように精進するのだ」

そうか、そういうことか。道一の中でつながるものがあった。

道一は忍びの術を鍛錬していたころのように、再び割げいこに打ち込んだ。しかし、どんなにはげんでも、円相の中に己の姿は見えない。宗二は再び行き詰まった。

兄弟子の与四郎に聞いてみた。

「兄弟子は、あの円相の中に何が見えますか」

与四郎は「甘えるな」と、一言答えた。

おりを見て、師匠の紹鷗にたずねた。

「あの円相の中に、お師匠様の姿が見えれば良いのでしょうか」紹鷗は表情一つ変えず、何も答えなかった。

見えない。何も見えない。お師匠様も与四郎様も、何かは見えているらしいのに、私には何も見えない。どうしたらいいんだ。俺の何が足りないのだ。

眠れぬ夜がいく晩も続く。思いあぐねて自分で円相を書いてみた。それを寝間の壁にはり、夜も昼も向き合い続けた。しまいには呆けたようになり、奉公人たちに笑われる始末だった。しかし、相変わらず何も見えない。道一は焦燥していった。

笑嶺老師をかこんで、月一回座禅の会がもたれることになった。希望者は誰でも参加できる。紹鷗の門弟たちもこぞって参加した。何かの手がかりが得られるかと、道一も加わった。

臨済の座禅では師が公案を弟子に与え、座禅の間その解について考え続ける。思いついた解を師に答える。しかし、この会では師からの公案は出されず、ただ黙って座るのみだ。床には、例の円相がかけられている。道一は目を見ひらいて円相をにらみ続けていた。やがて時がいたると師が鈴を鳴らし、それで会は終わりとなる。

集まった衆生は拍子抜けするのか、少しずつ減っていった。気がつくと、紹鷗の門弟たちとわずかばかりの堺衆が残るばかりだった。それでも会は続けられた。座禅会からの帰り道、紹鷗のお供をしながら道一たちは語りあった。

「何か見えましたかな」

「いいえわかりませぬ。暗闇が広がるばかりで」

「私はチカっとまたたく光が見えたような気がいたしました」

「それは素晴らしいではないですか。私など空腹で、夕餉のことばかり頭に浮かびました」

どっと、笑い声が上がる。堺の町衆たちの口は闊達《かったつ》によく動く。

与四郎様と道一は、いつの間にか二人並んで歩いていた。

「与四郎様は、座禅の最中は何を考えておられましたか」

「私か。私は何も考えていなかった。気がついたら、鈴の音が聞こえていた。道一、お前はどうだ」

「私は、父からもらった忍び刀のことを考えていました。今ここで目をつむっている私の顔を、忍び刀に映したら、どんな顔だろうかと」

「ほほう」

後ろから紹鷗の声がした。

「道一、なかなか成長したではないか。それは離見《りけん》の見《けん》といって、おのれの体を離れて己を見る高度な心境だ。よくぞそこまで到達したな」

道一は師の言葉に半信半疑だ。ただ、じじ様の言葉をくり返しただけだ。とはいえ、師にほめてもらうのはやはりうれしかった。家に帰り、寝間の円相を凝視する。今日こそは何か見えるだろうか。息をとめ、まばたきもせず見つめ続ける。小半刻も続いただろうか。やはり何も見えなかった。

師は、茶室に座ってのけいこをやっと許してくれた。道一の所作にはむだな動きはなく上達は早い。幼い時から武芸の鍛錬をしてきた道一は、勘が良くのみ込みも早かった。二年もたたない間に、筆頭弟子の与四郎に続き二番手の弟子となり、茶名宗二を名乗ることになった。

ある年の正月元旦、正月の祝いの膳をかこんでいた宗二に、南宋寺からの使いが来た。

「笑嶺老師が、お呼びです。すぐにお寺までいらしてください」

なんだろう。宗二には心当たりがない。とりあえず黒紋付と袴をはいて、南宋寺にかけつけた。待合には、高名な春屋宗園を始め禅僧が十四名、他には堺の町衆の筆頭天王寺宗及、それから千与四郎がすでにひかえていた。与四郎が、手まねきをする。

「何事でしょうか。正月早々」

「禅問答があるらしい」

正月の宴にでも呼ばれたのかと思っていた宗二の酔いは、一瞬でさめた。

「どうぞ、こちらへ」

侍僧に導かれ一同は大広間に座る。笑嶺老師はすでに着席していた。

「皆さま、急な呼びかけによくぞ集まってくださいました。何事かといぶかしく思われたでしょうな。実は昨晩大晦日の夜、私の夢に虚空蔵菩薩があらわれてくださり、この正月には私がかつて大悟し、師から印可をいただいた公案を、衆生に与えてみよとおっしゃられた。

そこで、目が覚めてすぐに皆様をお招きいたした次第でございます。どの方もきわめて悟りに近き方々ばかり。これを機に、迷いが晴れ大悟へと導かれますよう」

意外な事のなりゆきに、みなの緊張は高まった。

老師の大音声が響きわたる。

「作麼生《そもさん》」

一同が答える。

「切羽《せっぱ》」

「唐の龍居士が馬祖大師に、万法の侶《とも》たらざるものとは何かと尋ねしおり、馬祖太子は、汝が大河である西江の水を一口に飲み干したら教えようと返答した。龍居士はそれを聞いて即座に大悟した。それはなぜか。いかに、いかに」

宗二はけんめいに考える。万法の侶たらざるものとは、万物と同じ次元に属さない絶対者とのことだが、どうして馬祖太子は龍居士に西江の水を飲めと言ったのだろう。

与四郎はすぐに答えた。

「論語に言う。特別に教えずとも師弟の交わりが鯉が跳ねるごとく生き生きとしておれば、その意は伝わる」

笑嶺は、手を打った。公案通過の合図である。

次に宗及が
「西江の水どころか、大地全ては粟や米つぶほどのものと、捉えるべしと」

と、答えた。老師は再び手を打った。

さて、宗二の番である。なんと答えようか。

「わ、わ、私は……」

わきの下や手のひらにじっとりと汗がにじむ。のどがヒリヒリする。気を落ち着けようと、袴の上から両手のひらを丹田に当てる。深く息を吐いていると、やがてどこか遠いところからじじ様の声が聞こえてきた。

「いいか、道一。窮地に追い込まれたら不動明王様の姿を心に描くんだ。そして『天上鳴弦雲上帰命頂礼』と二回唱えるのだ。力がわくぞ」

そうだった。忍びの術の指南書「忍術秘書応義傳」にそう書かれていると、じじ様は教えてくれていた。

道一は素早く
『天上鳴弦雲上帰命頂礼
天上鳴弦雲上帰命頂礼』

と、二度唱えた。不思議なことに、すとんと気は落ち着いた。

宗二は両手を広げ、大きく手を打った。その音は、琵琶湖の湖面にさざ波が立つように、広間いっぱいに広がった。ややあって、笑嶺はにこりと笑って手を打った。

「どんな意味なのでしょうか」まだ若い禅僧がたずねる。

「それはな、龍居士も馬祖大士も仏になる前の梵天でな、凡人の常識をこえて遊戯神通の不可思議な力を駆使していると、道一殿は言いたいのじゃ。そうではないかな、道一殿」

宗二は深くうなずいた。

それ以後、茶道と禅をどう結びつけたらいいのか。茶席を道具じまんや天下のうわさ話の場に終わらせず、もっと深い心の交わりができないものだろうか。茶道をただの遊興に終わらせないためには、どうすればよいのかと宗二は、ずっと考え続けていた。

宗二は堺を訪れた織田信長に気に入られ、利休（与四郎）とともに茶頭に取り立てられ有力な戦国大名の弟子に、教えるようになった。

彼らにたずねることがある。

「何を求めて、茶道を学ばれるのですか」

羽柴秀吉は、にやりと笑ってこう答えた。

「つき合いでござるよ。皆がされることは私もしてみたい。さすれば人づきあいが、うまくいきまする。ま、このことはくれぐれも内密で」

前田利家は、

「戦場に在って、心を乱さぬためですかな」と、答えた。

「点前に集中していると、この世の憂さを忘れる刹那があります。それでしょうか」そう答えたのは、徳川家康だった。

長く続く梅雨のある日、安土城天守閣の黄金の茶室で信長が宗二にたずねた。

「宗二は、何のために茶の道を精進しているのだ」

「私ですか……」

宗二の心の中に言葉があふれる。どう言えばいいのだろう。どう答えればわかってもらえるだろう。

「わ、わ、私は」唇はふるえ、頬は紅潮する。

「言葉にしなくてもよい。お前の点前を見れば、考えていることはわかる」

魔王と恐れられる信長だが、宗二の精進ぶりを高く買い、何かと引き立ててくれている。

開け放した茶室の円窓から、重く湿気をふくんだ雨雲が見える。今年の梅雨は長い。いつになったら晴れるのだろうか。ときおり黒雲に稲妻が走る。

「中国攻めが終わったら、また宗二の考えを聞かせてくれ。楽しみにしているぞ」

宗二が信長の声を聞いたのは、この時が最後だった。


「宗二、次は煮物椀のおはこびだ」

利休の声に、宗二はわれに返る。そうだ、信長様はもうこの世にはいらっしゃらない。あの秀吉が、わがものがおに天下を専横しているのだった。ここは大徳寺黄梅院。夜咄しの茶事の席であった。膳は一汁二菜と、香のもの。炊きたての飯、白味噌の汁物。煮物碗は、焼き豆腐と青み大根、焼き物はうずらの献立。緊張感はうすれ、客の口がほぐれてきたのか、茶席から客たちの歓談の声が聞こえてきた。

「ちゃちゃ様は伯父上の織田有楽斎どのについて、茶の湯のけいこをされておられると、お聞きしました」

「ええ。妹たちも、一緒に」

「いかがですか、おけいこは」相伴している中巌和尚が、たずねる。

「おじの有楽斎は、ことのほか茶道に厳しいお方。いつも叱られてばかりです」

「それは、それは」一同は、笑顔になる。

「でもおじさまは、本能寺で信長さまとともに滅した茶道具があまりに多く、この先の茶事が立ち行かないのではないかと、心配しております。あのおりには、室町以来の唐物の茶道具が、ほとんど行方不明になりました。信長さまのご遺体も茶道具も、この世から姿を消したのです。まことにふしぎなことですわ」

ちゃちゃは、秀吉の横顔をちらりと見た。秀吉の頬が、わずかだがピクリと動いた。秀吉は何かを知っている。みな、腹の底で思った。しかし、口にも表情にもだす者はいない。

懐石をいただいたあと、菓子が運ばれてきた。利休手作りの「麩の焼き」。小麦粉を水でとき、鍋で丸く薄く焼いたものに、味噌や砂糖を包んである。

「おいしい」

ちゃちゃが、年相応の愛らしい笑顔でほほえむと、たちまち座が和んだものになった。

「それでは席を改めますので、中立ちを」一同は、もう一度外の待合にもどった。

濃紺の空には、細い三日月が浮かんでいる。口からはく息が、すぐに凍ってしまうのではないかと思うくらいに寒い。それでも、このピリリとした空気が、ちゃちゃには心地よかった。

「ちゃちゃ様は、夜咄しの茶事は初めてですか」秀吉が話しかける。

「ええ。でも、おもむき深いものですね。暗い茶室の中のろうそくのほのかな明かりが、とても愛おしいものに思いました」

「それを聞くと、中巌和尚も利休も喜ぶでしょうな。またお誘いいたしましょう」

やはりこの茶事をしくんだのは、秀吉だったのだ。まあよい。秀吉の心底が、どこにあるのか確かめてみたい気もする。日本中の誰もがおそれる秀吉だけど、私はちっともこわくないわ。そう思うと、なんだか愉快になってきた。

どらの音が深い闇に響く。濃茶の始まる合図だ。床の掛物は外され、代わりに禅僧が使う法具の払子《ほっす》がかけられていた。白く長い毛が薄闇でも、くっきりと見える。

濃茶点前が始まる。利休が水差し、茶入れ、茶碗と、順々に道具を運び入れる。茶杓で五人分の抹茶を茶碗に入れ、柄杓でくんだ湯を適量加えて茶せんで練る。三人の客に加え、お点前の利休様、席主の中巌和尚も、共に相伴する趣向らしい。

正客の秀吉から順番に、ねっとりと練られた濃茶を回し飲む。飲み口は、懐紙でぬぐってから次へ回すとはいえ、秀吉が飲んだ後に口をつけるのは、ちゃちゃには少々気味が悪い。

ちゃちゃは、目をつむって一気に飲んだ。苦いのだが、どこかほの甘い。不思議な清涼感がある。しかし、ちゃちゃは自分が飲んだ飲み口を、丁寧すぎるほど念入りに、懐紙で拭った。次は三成がその茶碗に口をつける。三成の表情はどこか恍惚としていた。

中巌和尚、最後に利休が自服して、濃茶は終わった。和やかな空気が流れる。利休が炉の炭を直す間、冬の夜咄し茶会にふさわしく、くつろいだ会話が始まった。秀吉が話し始めた。

「中巌和尚。この前の天竺の話は実に面白かったぞ。ことに、波羅奈国のほとりを流れる恒河で沐浴すれば、この世の罪や汚れが清められるとのお話。日本人である私でも効能はあるのだろうか」

一斉に中巌和尚に視線が集まる。できることなら、私も行きたい。ちゃちゃも思う。中巌和尚は、この前と同じく毛のない頭を、ぴしゃぴしゃと叩きながら、

「さてさて、どうでしょうかな」と、うそぶいている。

「なんじゃ、和尚さま。ざれ言ですか」

「いや、ざれ言にはあらず。本当も本当。このハゲ頭に誓って、まことにございます」

「どうにも、あやしい」

「わっはっは。それはさておき、今日は唐のお話をいたしましょう」

和尚が、話し始めた。

「秀吉殿のおっしゃる唐は、今は明国と言っております。達磨大師によって、天竺から伝えられた禅宗は、元の時代までは栄えていましたが、私が明へと渡った頃には、すでに勢力はおとろえておりました。それでも、大師が壁に向かって九年間座禅を組んだと言われる、少林寺はまだ勢力を保っており、私はそこで修行を続けたのです。その折に、以前話した夢を見て、私は天竺に旅立ちました」

「明の国は、どのようでありましたか」

秀吉が、興味ぶかげに聞く。

「少し前の日本と同じく、千々に乱れておりました。地方では盗賊が跋扈し、民は重税に苦しんでおりました。都の北京では宦官《かんがん》と官僚がいがみ合い、まつりごとは停滞して、わいろで地位が売り買いされておりました。私が思うに、このままでは我が国の足利幕府が倒れたように、かの大明国も遠からずほろびるのではないかと」

「ふむ。そうか。足利幕府のようにのう」

秀吉の目が、何事かを思いついたように、一瞬かがやく。

「わしが天下を平定したのちには、大明国、さらには天竺まで兵を進めてみたいものじゃ」

中巌和尚は、表情は変わらないが、内心では困惑しているのがよくわかった。ちゃちゃも、この男はまだ戦さをしたいのか、まだおびただしい人々の血を流させたいのかと呆れはてている。三成だけが、大きくうなずいた。

天竺の河で何千回禊《みそぎ》をしても、その罪業は晴れるわけはないだろうに。ちゃちゃは、秀吉が哀れに思えて仕方なかった。

「さて、薄茶の前にこれをどうぞ。私の手作りのゆずの皮の砂糖漬けです」

利休の声に、一同はそれぞれの夢想からハッと我に帰る。もう時刻は深夜近い。いつのまに時がたったのか。

「私は薄茶の代わりに、白湯をいただきたいわ。眠れなくなりそうだもの」

ほの甘い白湯を飲み干して夜咄の茶事は終わりとなった。

中巌和尚が、見送りに出る。

「時を忘れ楽しみました。みなさまのおかげで、良い会になりました」

「和尚さま、またお呼びください。もう一度楽しい会を持ちましょう」

ちゃちゃは、本心からそう思った。

「いえいえ、姫さま。一度かぎりだからこそ、楽しいのです。この世は、すべて流れ行くもの。かの天竺の恒河のごとし。しかし河の水は海に至り、やがて天に登り、雨となって地に降りそそぎます。われらの縁も、そのようなもの。いつかはまた会える日も来るかもしれません」

ちゃちゃは、その言葉に深くうなずく。

「姫さま、気をつけておかえりください。輿のまわりには、何十人もの兵をつけておるので、心配はいらぬとは思うが」秀吉は、夜道を心配している。

「私が、安土までお供してまいります」

「おお、それがよい。三成、任せたぞ」

冬の冴えた星の光が、満天にきらめいている。輿の中のちゃちゃは、いつの間にか眠っていた。一時は近しく思えた秀吉も、結局は血にうえた征服者なのか。大陸を成敗したいとは、なんと途方もない。やはりあの男はこわい。そんなことを眠りの端々で考えていた。

今の秀吉の勢いが、いつまで続くかわからない。尾張の徳川、四国の長宗我部、九州の島津、東国の北条や伊達。まだまだ国内に強敵は多い。味方のはずの前田や毛利だって、いつ反旗をひるがえすか知れない。それが戦国の世の習いだもの。

今夜の夜咄しの茶事は、確かに楽しかったけれど、和尚さまがおっしゃるようにそれはこの世でたった一回だからこそ。もう二度と同じことはできない。だからこそ、尊い交わりだったのかもしれないわ。

安土に着いたのは、もう暁に近い時刻だった。夜明けの燭光《しょっこう》の中で、天守閣が誇らかにそびえ立っていた。七層共に金箔がはられ、明けそめた朝日を浴びて金色に照り輝かがやいている。

「なんと、壮麗な。仏さまのおわす浄土のような」

ちゃちゃは息をのむ。焼け落ちたはずの天守閣がいつの間に再建されたのか。それともこれは夢なのか。夢でいいからこの天守閣にのぼり、琵琶湖を眺ながめてみたい。小谷の城をしのびたい。

遠くから誰かの高笑いが聞こえ、まだ暗い湖面がおおきく波立った。一瞬ののち、金色の天守閣は消えうせ、朝日を浴びてむざんな姿をさらしているのは、焼けこげた瓦礫の山だった。

第五章　黒楽茶碗「悪女」

正月のあいだ、ずっと雪がふり続いた。岸辺の葦が見えなくなるほど深く、雪はつもった。温暖なこの地方にしては、めずらしい大雪だった。

私たち三姉妹は、義父の勝家と一冬だけ過ごした北ノ庄をなつかしんでいた。

「北ノ庄でも、こんな大雪がふったわね」

「柴田のお義父さまは、私たちと雪合戦をして遊んでくださった」

「おやさしい方だったわ」

「それなのに秀吉は、お母さまもろとも……」

あとは、言葉にならない。

「雪遊びでもしましょうよ」

私は、わざと快活な声でさそった。三姉妹は庭におり、はしゃぎながら雪うさぎを作った。南天の葉と実をつけたかわいらしいうさぎが、でき上がった。

「かまくらも、作りましょうよ」

「中で甘酒も、いいわね」

ぼたん雪がふりしきる中、侍女たちも交えて、三人は大はしゃぎだった。

「ちゃちゃ、ちょっと話があるのだが」

伯父の有楽斎が呼びにきた。なにやらこまった顔をしている。せっかく楽しく遊んでいたのに、何かしら。

「実は明日、さるお方が秀吉様の使者としてこの安土城に来られる。ちゃちゃに用事があるらしい」

なにかしら。私に会いに来られるなんて。でも、ご用事のだいたいの予想はつくのだけれど。胸の動悸が激しくなる。もう雪遊びなんてしてはいられない。どの小袖を着ようか、化粧はどうしようか。お母さまにいただいたべっこうの櫛を挿さないといけないわ。うす紅に染まった胸の内が、せわしなく動き始めた。

「お姉さま、どうされたの」

せっかく遊んでいたのにと、妹たちは不服げだ。

「もう雪遊びは終わりにしましょう。急な用事ができたの」

私は急いで部屋に帰り、衣装を入れた長持ちを、ひっくり返した。部屋はとりどりの色に埋めつくされる。この部屋にだけ、春がおとずれたようだ。私はいそいそと、秀吉からおくられた小袖を取りだした。今まで見むきもしなかった秀吉からの贈り物だったけれど、そんなことにかまってはいられない。

秀吉ははで好みだ。紅色の辻が花染の小袖や、全体に豪華な刺繍をちらした小袖が、目をひく。私は、その中でも鴇《とき》色の地色に御所車と色とりどりの花々が描かれた小袖をえらび、体に当ててみた。

「お姉さま、よくお似合いよ」

妹たちが、はやし立てる。

「そうかしら。でも、気が重くて」

私は、はやる気持ちをかくして、わざと浮かない顔をした。

その夜は眠れなかった。あの方が、私に会いにいらっしゃる。私の隼別さま。私はいつのまにか女鳥媛になった気分だった。秀吉の使いだということを、すっかり忘れて。いいえ、待って。秀吉は大鷦鷯大王かも。これではまるで、小谷の城で父長政が幼い私に語ってくれた、いにしえの物語とそっくりだわ。物語では、兄の大鷦鷯大王の妻問いの使者としてやってきた隼別皇子は女鳥媛と恋に落ちる。そして二人は手に手を取って逃げ出すのだ。

私の心ははずんだ。逃げましょうよ。どこかだれも知らない国へ。そして二人は幸せに暮らすのよ。追っ手に討たれてもかまわない。あなたといっしょに死ねるなら本望よ。そう思うと私は幸せな気分になり、その夜はぐっすりとねむった。

翌日もまだ雪はふりつもっていた。朝早くから身じたくにかかった私は、ろくに朝餉も食べていない。気持ちがうき立って、のどを通らない。本丸の下の坂道を、のぞき窓から何度も見た。広い道はとっくに雪かきがされ、石だたみが見えている。亡き信長公は、この石だたみの道を六頭の馬が並んで歩けるように普請していた。

「今にこの道をあの方が登ってこられる。そして私と目が合って、私の名前をおたずねになるのだわ。そう、その昔の隼別の皇子のように。そして私たちは恋におちるの」

私はその場面を、うっとりと思いえがく。そうしているうちに午前の時間は、あっという間にすぎた。

「お姉さま、お使いの方はおそいわね」

「この大雪で、立ち往生されているのでは、ないかしら」

たしかにそうだ。いつの間にか、雪は腰までの高さにつもっている。馬も人も難儀していることだろう。雪は、ますますはげしくなる。じりじりとした気持ちを持てあますうちに、午後をすぎた。もう今日は来られないだろうと、あきらめかけた時、石だたみの坂道を登ってくる一団があった。

急いで本丸ののぞき窓から下を見る。みのを身につけ、すげ笠を目深《まぶか》にかぶった武将が馬に乗って登ってくる。私の視線に気づいたのか、こちらを向いた。

その方は私と目が合うと、さわやかにほほえまれた。

「ちゃちゃ様、お久しぶりですね。お元気でしたか」

「ええ、この雪の中をよくいらっしゃいました」

しかたなく私は答える。想像していた展開とはちがったけれど、まあいいわ。やっと会えたのだから。

その方は、微笑したまま私を見つめる。

それは、

—やっと着きましたよ。とか、

—大変な雪でした。とか、
そんな意味だったろう。

でも、私には
—あなたに会いに、はるばるとやってきました。

と、語りかけられたと思えた。私も、思いを込めてほほえんだ。そう、あなたを待っていたのよ、と。

一行は、大判小判や砂金の袋を、庭にふりつもった雪ほどにも、たずさえてきた。城の大広間にひろげられたその黄金の光に、伯父の有楽斎は目をうばわれ、何の用事できたのか、たずねるのを忘れるほどだった。

だから、私が聞いた。

「私になんのご用事でしょうか」

私の声は澄み切っていた。目は、まっすぐに、その方を見つめた。秀吉の命でちゃちゃ様を迎えに来たのだけれど恋に落ちてしまったと、言ってくださいな。あの隼別皇子のように。

私の目は熱い思いできらきらと光っていたことだろう。

その方は、少したじろいだようだった。けれど、よくひびく声で答えられた。

「主人の羽柴秀吉から、ちゃちゃ様を自分の元へおつれせよとの、ことでした」

「なぜですの。なぜ、私が秀吉様の元へ」

私はその答えがわかっていたけれど、聞かずにはいられなかった。わたしの隼別さま、それでいいのですか。私が秀吉の元に行くのを止めてはくれないのですか。

「それは……」

その方は、いいよどむ。まだ、十二歳になったばかりのちゃちゃ様を、秀吉の愛妾《あいしょう》の一人にするとは、少しばかりむごいのではなかろうか。しかし、主君の秀吉の命には逆らえない。

「この黄金は、ちゃちゃ様の支度金。有楽斎さまにお渡しせよとのことでした」

有楽伯父の、目の色が変わる。

「ちゃちゃ、返事をせよ」

「お断りしますわ」

間髪をあけず私はきっぱりと答えた。私はあなたさまのものだもの。なぜ、あの嫌いな秀吉の所に行かなくちゃいけないの。有楽伯父もかの方も、驚いていた。侍女たちも、お供の者たちも。私の拒絶がよほど意外だったようだ。

「ちゃちゃよ。お断りしたら、わしやお前の妹たちがどんな目に合うか、わからないのか。お前一人では、すまされぬことなのだぞ」

有楽伯父の顔は、真っ青になっている。

「とにかく、いやなのです」

私はきげんが悪くなる。だって、私は隼別皇子のものになりたいのですもの。そのむかしの女鳥媛のようにね。その方は、まるで舞いこんできた珍しい鳥をながめるかのように、じっと私の顔を見ていた。

伯父有楽があわてて

「申し訳ございませぬが、今日のところはお引き取りを。ちゃちゃにはよく言って聞かせますから」と、言い出すまで。

「そうですか。それでは今日は失礼します。また折を見て」

えっ。どうして帰ってしまわれるの。私たちは手に手をとって、どこかに逃げるのよ。

「今度はいつ来られるの」私は、急いでたずねる。

「さて、私にはわかりません」

黄金の品々は手早く片付けられ、一行は再び大雪の中を帰って行った。伯父上は、うらめしそうに私の顔をちらりと見た。私はぼうぜんと後ろ姿を見おくった。

「私の隼別。どうして帰ってしまわれるの。私たちは恋に落ちるはずなのに」

その日から、城内の雰囲気が変わった。有楽伯父の態度も。家臣も、侍女たちも。みな私のきげんをうかがっている。私が通りすぎたあとには、ひそひそ声が聞こえる。

「困ったものだ」

「今に秀吉の軍勢が」

「ふたたび安土が焼け野原に」

いいえ、秀吉はそんなことはしないでしょう。私には、なぜだか自信がある。秀吉が私に危害を加えるはずがない。それより、気になっているのは、あの方のこと。また来ると言われていた。いったい、いつ来てくださるのか。

　私は待った。待ちわびた。馬に乗ったあの方が、大手門からのびる石だたみの道を、ここまで登ってこられるのを。永遠に続くかと思われるほど長く灰色にぬり込められた冬のあいだ、私はひたすら待ち続けていた。

　昼の時間が少しずつ長くなり、軒端《のきば》のつららも、とけ始めた。いつの間にか、みずうみの水面が青く波立っている。もう春が近い。いつものように、私はみずうみをながめていた。また、今日もいらっしゃらなかった。どこかの戦さ場で、けがでもされたのかしら。それとも武運つたなく命を落とされたのでは。そんなおそろしい考えが、心をよぎる。もう、この世では会えないのかもしれない。そんなことまで、考えてしまう。

　元気のない私を、幼い妹たちが心配そうに見まもる。

「お姉さまが、あんなにお辛そうなのは、きっと秀吉をおきらいだからだわ。お姉さまが、お気のどく」

「お父さまやお母さまが、生きておられたら、こんなことには、ならなかったのに」

　いいえ、ちがうの。私はあの方にお会いしたいだけ。秀吉なんて、どうでもいいの。思いつめた私は、日に日にやつれていった。

　伯父は、少し安心していた。今にも秀吉の軍勢がおし寄せてきて、ちゃちゃを連れ去ってしまうのではないか。せっかく再建されかけた安土の町が、ふたたび焼け野原になってしまうのではないかと、心配していたのだ。しかし秀吉の動きは全くない。このまま、何事もなく時がすぎますように。秀吉が、ちゃちゃのことを忘れてくれますように。有楽伯父がそう念じているのが、私にはよくわかっていた。

あまりに待ちこがれすぎて、私はついに病になってしまった。体から微熱が去らない。気分がぼんやりして考えがまとまらない。もちろん食欲もない。侍女たちがかゆを炊いて枕元まで持ってきてくれるけれど、食べたくないのだ。もしかして。私はふと考える。遠い昔、父の浅井長政が幼い私に話してくれた、隼別皇子に出会った女鳥媛のかかった病、恋の病ではないだろうか。

私の想いはつのる。早く私を連れ去って。隼別のように。たとえ秀吉が追っ手をさし向けて、私の命をうばったとしてもかまわない。恋のために死ねるなら本望だわ。私は本気で思いつめていた。十二歳の私のいちずな初恋だった。

庭には日ごとに緑が萌え出して、もうそこまで春がやってきていたけれど、私の心はまだ冬のままだった。水仙の花は終わり可愛らしいひな菊の花が、庭のあちらこちらに咲き始めた。

「春なんか、来なきゃいいのに。春が来ても、ちっともうれしくなんかないわ」

とうとう、あのお方は現れなかった。そして、私はやっと気づいた。あのお方が、現れないということは、私が秀吉の元へ行かなくてよいということなのだ。それはうれしい事なのだけれど。

とにかく私は、あのお方の顔をもう一度、見たかった。あれから月のものが何度かめぐってきて、少しずつ乳房がふくらんでいる。私の体の中が、大人の女へと変わっていっているのが、わかる。恋しい気持ちを知った私は、もう子どもではいられない。妹たちとむじゃきに、はしゃいではいられないのだ。私は少し泣いた。父長政のひざの温もりと、母お市御寮人の、やさしい面影を思い出して。私は息ぐるしい日々をすごしていた。

まだ春だというのに、汗ばむほどに暑いある日、みずうみを一羽の隼が、鋭い鳴き声をひびかせながら渡っていった。何か、えものを狙っているのだろうか、ものすごい速さで飛んでいく。隼の鳴き声は、私におおいかぶさる憂鬱な雲を切り裂いてくれるようだった。

これはきっと、何かの予兆だわ。何かが動き出すのだわ。私はなぜか、そう確信した。そう遠くない将来、私の運命が大きく変わっていくのだろう。こわい。こわいけれど、立ち向かうしかないのだ。私は覚悟をさだめた。

二、三日たって、前ぶれもなくあのお方が再び安土にやって来られた。本丸から、ぼんやりと石だたみの坂道を見おろしていた私と、目があった。私は、一瞬まぼろしを見ているのかと思った。恋しさが見せる幻覚かと。でも、本物のあのお方だった。目は以前よりくぼんで、少しやつれているようだった。長い戦さの後だったのかもしれない。有楽伯父が転がるように奥から走り出た。

「今度こそ秀吉様のご命令を聞くのだぞ。私たちは、もうお前をかばえないからな」

侍女たちも、右往左往している。早くお着替えをとか、化粧はどういたしましょうかとか。

あわてふためいていて、何を言っているのかよく分からない。あのお方が、家来に助けられながら馬から降りた。左の肩にけがをされている。顔色は青ざめ大きく肩で息をしておられた。

「よくいらっしゃいました。さあ、奥へお入りくださいい。ちゃちゃも来なさい」

秀吉からの書状はなかった。秀吉からの伝言が口頭で伝えられる。

「坂本城の改築が終わりその祝いに茶会を催すことになった。姫さまには、ぜひおいでくださるように」

「利休さんの茶会ですか」

「そうです。懐石なしの濃茶と菓子だけの軽い茶会です。どうかお気軽においでくださいとの、仰せでございました」

「それは、いつ」

「本日ただいま。姫さまが坂本城に着きしだい始めるとのこと」

「何と急な」

「主人秀吉からぜひに、とのお言葉でした。私がおともいたします」

ちゃちゃの心はゆれる。あのお方と、しばらく共にすごせる。道中では言葉をかわすこともあるだろうし、ともに休むこともできるかもしれない。でも、その先は……

ううん。それは考えないことにしよう。とにかく、あのお方と短い時間でも一緒にいられるのだ。

「あなたも、茶会に」

「はい。私も加えていただいております」

有楽伯父も侍女たちも、ちゃちゃの顔を見まもる。ちゃちゃの返答しだいでは、この先何が起こるかわからない。秀吉の意向を二度もこばむとなれば、今度こそただではすまされない。

ちゃちゃは一瞬ためらったが、すぐに答えを出した。

「まいりますわ。ごいっしょならば」

みな、安堵のため息をもらす。いいなあ、私たちも行きたい。妹たちが、うらやましげな声をあげた。私はあのお方とともに道中の時間をすごせる、茶室に座ることができる。それだけで、気持ちが舞いあがってしまっていた。そのあと、何が待っているかなんて考えられなくなっていた。

あっという間にしたくがおわり、私は屈強な男たちが運ぶ輿に乗った。馬に乗ったあのお方が、輿から付かず離れずに私を警護してくださっている。私はもう夢心地だ。輿はみずうみのほとりを進む。芽生え始めた新緑が湖を優しく彩っている。そんなに急がなくてもいいのに。もっとゆっくりさせて。時間よ、すぎないで。私の心は切なさにゆれた。

「ちゃちゃ様、しばらくごしんぼうを。秀吉様をお待たせしているので少々急いでおります」

私は少しうらめしい。この時間をもっと楽しみたい。輿からおりてふたりだけで、春たけなわのみずうみの景色をゆっくりながめたい。そう願ってはみても、しょせんかなわないわね。でもいいわ。坂本城の茶室で一緒にすごせる。私はそう思って、言葉をのみ込んだ。

主君光秀が討ち取られたのち、敗残の明智勢によって火を放たれ、一族もろとも自害の舞台となった坂本城は、秀吉によってみごとに再建されていた。なんと美しいお城でしょう。高い天守閣からは、みずうみの向こう岸まで見わたせそうだわ。心地よい風が、吹きわたってくる。みずうみにうつる坂本城の影は波にゆらゆらとゆれる。妹たちがいる安土城も、かすかに見えた。

お茶会がすんだらすぐに帰るから、いい子にして待っていてね。私はすっかり帰るつもりになっていた。

「お茶室はこちら。天守閣の最上階にあります」

あのお方に案内されて天守閣にのぼる。ふすまを開けて、私はあっと驚いた。かつて、その風雅を天下に知られていた光秀の茶室は、秀吉好みの豪奢なものに作り変えられていた。壁、天井、柱はすべて金箔でおおわれている。茶道具の、台子、水差し、火箸、茶入れまで、全て黄金色にかがやいている。

秀吉は正客の座に座り、ちゃちゃの到着をまちわびていた。

「よくおいでくださいました。ちゃちゃ様。今日はこの茶室のおひろめの茶会。この黄金の茶室はあなたさまのために、しつらえたのですぞ」

「私のためにですか」

私は、少し息をのむ。秀吉の財力に圧倒される。ほぼ天下を手中におさめたこの男は、どれだけの黄金を手にいれているのだろうか。秀吉の目が、得意げに私を見る。わしの元へ来れば、いつでもこんな贅沢ができるのだぞと、言わんばかりだ。

末席に控えているあのお方は、さっきから下ばかり向いている。けがのせいでもあるだろうが、彼にはこの黄金ずくめの茶室が、少しばかり気に入らないのかもしれない。それは私も同じことだけれど。そして、いつもの心の声が、私にささやく。いくら、まばゆい黄金の建物を作っても、どうせいつかは時の流れに押し流され、ほろびてゆくのに。

「濃茶一服差し上げます」

茶道口に正座していた利休さんが、両手をひざの前について、深々とおじぎをする。利休さんは、仏教に帰依していることを示す、うすずみ色の道服を着ていた。黄金ずくめの茶室の中で、その姿はひどく清々しく見える。利休さんは、手に黒一色のぼってりとした茶碗を持っていた。

「なんじゃ、その茶碗は」

「これは、私が楽長次郎という瓦職人に焼かせたもの。余計なものをそぎ落とした、なんとも美しい茶碗が、やっと焼きあがりました。今日は、この茶碗で」

秀吉は、不服げだ。伯父の信長が本能寺で横死したのと同時に、信長が所持していた唐物は消えてしまった。茶の湯をたしなんでいるものたちは、茶事や茶会で使う茶道具に苦労しているとはいえ、そのただ真っ黒な茶碗を、この黄金の茶室で使うのか。

「お主はこの茶碗どう思うか」

あのお方は、言葉につまっている。黄金の茶室に簡素な黒楽茶碗。この趣向を是とするか非とするるか。己の美意識からすると対比の妙が面白いのだが、それをいうと秀吉の意向に逆らうことになるのではないか。そう思っておられるにちがいない。

「さて、それは」

あのお方は、言葉をにごす。

私の口から思わず言葉が飛び出した。

「なんて、すてきな取り合わせでしょう。漆黒の茶碗と、黄金の色がお互いを引き立てあっているわ」

「ちゃちゃ様は、そうお思いか」

「ええ」

私は、せいいっぱいの笑顔を作る。秀吉も、あのお方も、ほっとした表情になった。しかし、利休さんだけは無表情のままで、茶を練っている。やがて練り終わった濃茶の緑が、漆黒の茶碗の肌にくっきりと映えて美しい。

「黒って、美しい色なのね」私は、初めてそう思った。

「この茶碗、なかなかに良いではないか」秀吉は、まんざらでもなさそうだ。

「ありがとうございます」利休さんの口元が少しほころぶ。

「この茶碗に銘は、あるのか」

「いえ、まだ」

「ふうむ」

秀吉は、まばゆく光るみずうみ面をながめながら考えているが、なかなか思いつかないようだ。

「そうじゃ、ちゃちゃ様につけていただこう」

そう言われても、私にも何も浮かばない。頭をめぐらせているうちに、菓子鉢が回ってきた。南蛮人が秀吉に献上したという、かすていらと、金平糖が盛られている。甘い。こんなに甘くておいしいものがこの世にあるのか。

妹たちにも、食べさせてやりたい。私は、残ったかすていらを、そっと懐紙につつんだ。

「ちゃちゃ様、ご心配なく。残ったお菓子は、妹さま方におとどけしますよ」

秀吉の笑いを含んだ目が、私を見る。まあ、なかなかいいところがあるじゃないの。私の心は少しとけた。でも、まだまだ油断はできない。

濃茶がねり上がり、秀吉は茶碗に口をつけて二口ほどのむ。

「けっこうな、ねり加減で」

「ありがとうございます」と、利休さんが答える。

正客の秀吉から茶碗が渡された。私は、その飲み口を何回も懐紙でぬぐう。ああ、嫌だ。この男の飲んだ後に口をつけるのは。でも、しょうがない。私はほんの形ばかり口をつけて、すぐに隣のあのお方にさっさと、渡した。

私の胸は高鳴る。あのお方が、同じ飲み口で濃茶をすすっていらっしゃる。何とも、面はゆい。体の中を不思議な戦慄が走る。今日来てよかったわ。私は涙ぐむほど、うれしかった。

一座の客が濃茶を飲み終わり、茶碗が拝見に回された。私は、手にとってその茶碗をながめた。形は少しゆがんでいるし、厚みも一様ではないのだけど、すっぽりと手のひらに収まって、なんとも言えない温もりがある。

「すてきなお茶碗だわ」

やっと、利休さんのほほがゆるんだ。

「よろしければ、本日の茶会の記念にちゃちゃ様に差し上げまする」

「おお、それがよい。茶碗の銘は、ゆっくり考えてお決めください」

続いて薄茶を一服ずついただいて、茶会は終わった。陽はすでにかたむき、みずうみはだいだい色に染まっている。

「さて、姫さま。今宵はこの城にお泊りになりませぬか。姫さまのお妹さまたちも、すでに到着しておられます。それから、侍女たちも」

「え、いつの間に」

「姫さまさえ、よければこの城でおくらしなさい。もちろんこの黄金の茶室もお使いくださ い。能舞台もしつらえてあります。心きく女房たちも大勢そろえましょう」

秀吉は、私たち三姉妹にこの城に姉妹だけで住めと言っているのだ。いくら伯父の有楽斎の城とはいえ、両親のいない私たちは安土城で少々肩身のせまい思いをしていた。

さすがに、私の心は動いた。誰にも気がねなく妹たちと一緒に暮らせる。そうできたら、どんなに良いか。でも、無条件とはいかないだろう。秀吉のもくろみは何なのか、私ははっきりとした答えがほしかった。

「その、条件はなんですか」

利休さんも、あのお方もいる前で、返事をしにくかったのだろうか、秀吉は「まあ、それはおいおいに。しばらく様子を見ながら」と、なんだか口ごもっていた。

すでに、妹たちは侍女たちとともに安土城から出てきているらしい。いまさら帰るわけにはいかないだろう。私は、だんだんと追いこまれた気分になってくる。妹たちが、はしゃぎながら茶室に入ってきた。

「お姉さま。なんてきれいなお城でしょう。私たち、ここに住めるのかしら」

「はい。この城は姫さま方のために、修繕いたしました」

「まあ。私たちここに住みましょうよ。有楽伯父さまも、その方がいいとおっしゃっていたわ」

それはそうだろう。有楽伯父は、秀吉の援助にたよって生きている。もし、私が秀吉の命にそむけば、とばっちりで自分たちがひどい目にあうのを恐れているのだ。私は、うらがなしい気持ちになった。信長公の縁者たちは、ほとんど戦さで亡くなって、有楽伯父は数少ない肉親なのに。秀吉の権力をおそれて私たちを放り出すなんて。

夜のやみがせまって来た。私はむなしさのあまり立ち上がることすらできない。近しい肉親さえ信じられない。やはりこの世の中は無情なのだ。栄華をほこった信長は、深く信頼していた部下の明智光秀にうらぎられ、私の実の父も母も戦乱の業火に焼かれ、亡くなってしまった。そして今日は可愛がってくれていた有楽伯父が、私たちを秀吉に売り渡した。

ああ、もうこんな世の中を生きるのはいやだ。かなしいことばかり続く。いっそこの世から逃げさってしまいたい。どこか遠い山寺の尼さんになって、父母の菩提を一生とむらっていたい。でも、妹たちはこんなによろこんでいる。妹たちを置いて逃げ出すわけにはいかない。この子たちの成長を見守ってねと、お母さまに頼まれたのだった。私は、亡き両親に代わって妹たちを守らなければならない。

利休さんとあのお方は、無言のままだ。でもかすかに表情に、気持ちが現れている。

「かわいそうに。まだ、十二歳なのに」

二人とも、そう思ってくださっているようだ。お二人の気持ちが伝わってくる。私も、なんだか切なく胸がいっぱいになってしまった。お父さまお母さまが生きておられたら、こんな目にあわなくてもすむのに。

元気なくうつむく私を、みな心配そうに見守る。でも、誰一人口を開かない。私は、あのお方の顔をちらりと見た。あのお方は何かをこらえているように見える。少しは、こんなあわれな私に同情してくださっているのだろうか。それだけでも私はうれかった。無明のやみから救われたような気がした。

「とにかく、この城でしばらくおすごし下さい。姫さまの気が晴れるまで」

秀吉の言葉に、力なくうなずく。他にどうしようもないのだ。秀吉はうれしげだ。その顔をみて、私はますます憂鬱になる。

秀吉、利休さん、あのお方は、満月が水面にゆれて黄金に輝くみずうみのほとりを、それぞれの方向へ帰って行った。秀吉とあのお方は大坂へ、利休さんは堺へ。

「また、茶会をいたしましょう。かの長次郎の焼いた黒楽茶碗で」

秀吉の声は、はずんでいる。利休さんとあのお方は、何か言いたげに見えるのだけれど、何も言ってはくれない。去っていく三人の姿が、暗闇に消えた。私はひどい疲れを感じた。月のものが始まっていた。

体はひどく疲れているのに、気持ちが高ぶってなかなか眠れない。この城ですごす夜が、今日が初めてだからだけではないようだ。妹たちは静かに眠っている。自分たちの住む場所が、やっと定まったからだろう。

私は、夜どおし眠れなかった。妙な頭痛もする。これから先のことをあれこれ考える。秀吉の側女にならないと、いけないのだろうか。臣下だった男の側女になるなんて、織田一族としては、耐えられない。だけど、生きるためにはしかたないのか。妹たちは、どうなるのだろう。命だけは、うばわれないだろうけれど、やはり私のように、どこかの大名の側室にされるのだろうか。本当に、この世がうらめしい。いっそ、このみずうみに飛び込んで、はかなくなってしまおうか。そんなことまで考えた。

東の空が、わずかに白んだ。私は一睡もできなかった。重い気分のまま障子をあけて外を見た。湖面が、うっすらと薄紅色にそまっている。私の憂鬱な気分にかかわらず、朝は来るのだ。私が悩んでいようといるまいと朝は来るのだ。私は妙に感心した。そして、登り始めた太陽に語りかけた。

「今日、一日をありがとうございます」

そうなのだ。誰にでも朝は来るし、新しい一日は始まる。悩んでいようと、上きげんでいようと、死にたいと思っていても朝は来る。私は、唇のはしで笑った。悩んでいることが、おろかしくなった。秀吉がどんなつもりでいるのかわからないけれど、彼が差し出すものを手にとってみよう。この先どうなるかはわからないけれど、彼がおこす運命の波に乗ってみようか。

日輪は力強くのぼり始めた。湖面は黄金色にそまった後、また元のうす銀色に変わった。私は大きく深呼吸をした。息を吸うたび吐くたびに、気持ちは落ち着いていった。

「偉いぞ、ちゃちゃ」自分に語りかけた。

「我ながら、頼もしいわよ」なんだか、自分が誇らしく思えた。


その後の数年間を、私たちは坂本城で過ごした。秀吉からは、ばくだいな援助を受けた。京から当代一流の師匠をお呼びして、手習いや和歌のけいこをした。源氏物語や伊勢物語も読んだ。平穏で何不自由のない日々が続き、妹たちも大きくなった。

ときおり秀吉がこの城に立ちよる。私たちたちの成長ぶりを確かめに。日本国内でいまだ戦さは続いている。秀吉は、いっときも心が休まらないらしい。いつもひたいにしわが寄っている。せかせかと歩き回る。急に何かを思い出して、部下に指示を出す。そんなに忙しいなら、来なきゃいいのに。しかし秀吉にとっては、この城と私たち三人姉妹は、殺伐とした日々を忘れさせてくれる花園のような存在らしい。

黄金の茶室で薄茶を一服のんだだけで、あわただしくでて行く。何のために秀吉は、こんなにかけずり回っているのか。そんな日々が楽しいのか。私にはふしぎでしょうがない。

いったん坂道を転がり出した巨大な火車は、だれにも止めることができないらしく、秀吉は戦場から戦場をかけ回っていた。

そんなある日、この坂本城で薪能をすることにしたと、秀吉が言い出した。私は、意外だった。秀吉は能には格別には興味がないようだったから。ひとかどの武将たちは小さい頃から能に親しみ、けいこを重ねていた。それが、武将のたしなみでもあった。しかし、秀吉は尾張の百姓の出で、能とはかかわりがなかったはずだ。成長して信長公に仕え、おともで能を見ることはあっただろうけれど、けいこをしていたとは聞いていない。いったい何を始めるつもりなのか。

ある日、京から秀吉の祐筆の大村由己《ゆうこ》と、能役者の金春《こんぱる》安照が、ここ坂本城にやって来て何日か逗留した。土地の人や、古刹の住職に、この城の落城のてんまつを聞いて回っている。光秀公のご最後や、残されたご一族がこの城に火をかけて滅亡していかれた一部しじゅうを事こまかく、記録していた。

二人は、この城の能舞台もくわしく調べ、京へと帰っていった。やがて能管や鼓の囃子方がこの城にやって来て、けいこが始まった。聞けば、秀吉が由己たちに命じて「明智討ち」

という新作能を作らせ、金春一座がこの城で演能するらしい。この城でほろびていった明智一族を題材にして。

私は、死んでいった明智一族があわれに思えてしかたなかった。いかに戦国の世の習いとはいえ、それはむご過ぎるのではないだろうか。鼓や能管の音色が美しくひびく中、私は明智一族の無念を思った。

新作能のおひろめの日が来た。朝から城内は落ちつかない。私は明智一族の成仏を願い、読経することにして部屋に引きこもった。大阪から到着した秀吉がやってきた。心配そうに、ふすまの向こうから声をかける。

「姫さま、どうなされました。お能を見に、見所までいらっしゃいませんか」

「いいえ。今日はえんりょいたします。ちと、気分が優れませんので」

「もしかしたら姫さまは、この城で明智一族の能を舞うのは、私が権力におごっているからと、思われているのでは、ないでしょうか」

ええ。そのとおり。死んでいったものたちへの、むごい仕打ちと私は思っている。

「ちがうのですか」

「はい。そうではありません」

秀吉は、ふすまの向こうで話し続ける。

「これは死者たちの成仏を願う、供養能なのです」

意外な言葉だった。私はだまって秀吉の言葉の続きを聞いた。

「姫さまも、ご存知でしょうが、亡き主人信長さまは、自らが滅ぼしたあなたさまの父上、浅井長政さまのどくろを金箔でかざり、宴をもよおされました。私も、その席におりましたが決して信長さまは勝ちほこって、そのようなことをされたわけではないのです」

「え。ではどうして」

「勝ち負けは時の運。今日の勝者も、いつ敗者になりほろびてしまうか、わかりません。信長さまは、そのことをよくおっしゃておられました。信長さまは、敗者への敬意を込めて、どくろに金箔を貼られたのです。よく戦った者同士、互いの武勲をたたえ合おうと」

そうだったのか。母お市の方や、私たち姉妹はそのことを知らず、どんなにか信長をうらんでいたことだろう。

「でも、それがお能とどんな関係があるのですか」

秀吉は、詞章の一節をひくく謡い始めた。

〽　そのとき光秀は　敵の人数にうちまぎれ
淀鳥羽さして落ちゆくを
秀吉追っかけたまひつつ
いづくまでかは逃すべきと
兜のまっかう打ち割りたまへば
足弱車のめぐる因果は

これなりけりと思ふ敵に
白波のよりては討ち
返りては討ちたたみ重ね
百たび千たび打つ太刀に
今ぞ恨みも晴れていく
天下に名をもあくる身の
忠勤ここにあらわるる
威光のほどこそゆゆしけれ

「私は明智一族のご立派な最後をたたえずにはいられなかったのです」

秀吉の声は涙声になっていた。私は秀吉とともに、能舞台の見所に座った。金春一座の、能は見事だった。秀吉はしばらくの放心状態ののち、盛大な拍手を送った。それは金春一座へと言うよりも、光秀およびその一族へのものだと私は思った。秀吉へのわだかまりは少しずつ、とけていった。思ったよりも人情味のある人物だった。だからと言って、側女にされるのはいやだけど。

このままこの城で過ごせるといいな。ふと、そう思った。秀吉の邪心は消えたのかもしれない。安心すると同時に、なぜか物足りなさも感じた。でもあのお方の来訪とともに、その日はついにやってきた。

秀吉とともに、各地を転戦していたあのお方は、おもがわりをされていた。ひどく疲れた様子で、ふきげんにも見えた。頬はこけ、目は血走り、どこか投げやりに見えた。

「いったい、どうされたのかしら」

以前、幼かった私が恋した若々しい面影は消え、心に深い絶望をかかえているように見えた。それは、父浅井長政や、養父柴田勝家が、落城の直前に見せた表情にも、似ていた。

しかし、あのお方は礼儀正しく私に、秀吉の命を伝えた。

「主人秀吉からの伝言です。妹さまともども先ごろ落成した聚楽第におこし下さるようにとの、ことでした」

ついにその時がきてしまった。今度こそこばむことはできない。それは私にはよくわかっていた。

「わかりました。このたびも、あなたが同道してくださるのですか」

「はい。そのように言いつかっております」

私の決断は早い。数日のうちに城内をかたづけ、すぐに出発できる手はずがととのった。どうせ逆らえない運命ならば、ぐずぐずしないでその波に乗りましょう。きっと乗り切ってみせるわ。私は、妙にふてぶてしい気分だった。いつの間に、こんな私になったのかしら。自分でも意外だった。あのお方は、道中の身辺警護のため、城にとどまってくださっている。それもあって、私は上きげんだった。

出発の前日、城の桜が満開となった。この城とのお別れにと、あのお方もお呼びしてみなと惜別の花見の宴を開いた。うす紅のかすみがぼんやりとかかったような、満開の櫻の樹の下で酒をくみかわす。

侍女たちは、はしゃいであのお方の配下の者たちに戯れかかる。

「うちの姫さまと、北の方様とでは、どちらがおきれいかしら」

「甲乙つけがし」

「本当かしら。姫さまは十六。咲きかけの桜のつぼみ。これからが、花のさかり。どれだけお美しくなられることか。北の方さまは、もう三十路をこえられたのでしょう」

「どちらにも時分の花の美しさが」

「またまた無理しちゃって。じゃあ、どちらの御家中の女房が、女っぷりがいいかしら」

「それは、もちろんこちらの方が。大輪の八重桜のごとし。少々姥桜ではござるが」

「まあ、失礼ね」

侍女たちの嬌声《きょうせい》が、かしましい。

猿楽の役者たちが、能舞台に上がり、こっけいな仕草を見せる。五穀豊穣を願う少々ひわいな舞が始まる。

酒に酔った侍女たちが酔った家臣の手を引き、姿を消す。私はそれに気がついてはいるけれど、今日は無礼講。見て見ぬふりをしていた。

「また、明日からは苦労の多い日々が続くのだから、少しくらい羽目をはずしても、大目に見てやろう」

あのお方も、何も言われない。酔った私は、葡萄酒の入ったびいどろの瓶を手にあのお方のとなりに座った。

「聚楽第は、どのようなところでしょうか」

「黄金の瓦、蒔絵の柱、狩野派の襖絵、贅を凝らした調度。呂宋《るそん》や南蛮からの貢物。それは、まばゆいばかりの御殿です」

「私は、そこに住むのですか」

「はい。ちゃちゃ様のお住みになる部屋は、特に豪華にしつらえてあるはず。秀吉様の側室の中でも一番かと」

私は、深いため息をつく。

「そうですか。やはり、他の方たちもいらっしゃるのですね」

あのお方は、少しあわてる。

「いえいえ、血筋から言っても、お美しさから言っても、ちゃちゃ様が一番かと。だからこそ、秀吉様は待ちこがれておられます」

「それは、ありがたいことだけど、私には少々ひねくれたところがあって、どうせいつかは、秀吉様の心もどこかへ離れてしまうのじゃないかと、思えてしかたないのです」

目が合った。その目には深い河のように、悲しみがたたえられている。

「姫。私も色々なものを見てきました。殺し合い、奪い合い、裏切り。私の手もまた、血ぬられているのです。この世のはかなさも身にしみてわかっています。天下統一の直前だった信長さまは光秀に裏切られ、光秀は縁つづきだった細川殿に裏切られ。この戦乱の世は、裏切ったり裏切られたりの連続で、自分以外誰一人信用できるものはいない無情の世です」

ちゃちゃは、息をのむ。私と同じことを考えている人が、ここにいた。

「それでは、どうして戦いを止めて仏門に入らないのですか。それとも、今はやりの伴天連教にでも」

「そうできればどんなに良いか。でも、私の身内や家臣たちのことを考えると、そんなことはできない。戦いをやめたら、その者たちは路頭に迷うことになるのです」

「だから戦い続けるしかないのですね」

あのお方は沈黙された。深い悲しみは、そのせいだったのか。この世に武士として生まれた者のさだめとはいえ、どんなか辛いことだろう。

「この身とて、同じこと」

私は、胸のうちを語り始めた。この人ならば、私の苦しみを受け止めてくれるのでは。そう、思えたから。

「秀吉様は、今は私をちやほやしてくださるかもしれないけれど、男女の仲なんてはかないもの。もし、もっと美しくて血筋の尊い姫が現れたら、きっとそちらに心を移されるに決まっています。だから私は聚楽第には行きたくないのです」

「ちゃちゃ様、それは違います」

あのお方は、きっぱりと言った。

「ちゃちゃ様の、お気持ちが変わるのを、秀吉様はどんなにか待ちこがれておられたでしょうか。力ずくで自分のものにしては、お母上のお市の方さまに申しわけないと、じっと待っておいでででした」

「本当ですか」

「秀吉様は、お心の細やかなお方。人の気持ちの奥深くまでをくみ取ることができるお方です。だからこそ、天下を取れたのです。決して武力だけに頼ったわけではありません」

「そうでしょうか」

「ちゃちゃ様、秀吉様をお信じなさいませ。きっと末長く、ちゃちゃ様を大事にされると思います」

本当にそうだろうか。そうだったら、いいな。私はあのお方のおっしゃることを、信じかけていた。いや、信じたかった。

「もしもちゃちゃ様を、秀吉様が粗略にあつかったら、私がだまってはおりません」

「まあ。心強いわ」

それは、無理かもしれないけれど、私はその言葉で少し救われたような気がした。そして、思いきって長い間秘めてきた胸の内を言葉にしてみた。

「私はずっと」

あのお方は、あわてて唇に人差し指をあてた。それ以上は、口に出してはいけないと、言うかのように。

「私はずっと、ちゃちゃ様を見守っております。どうか、おすこやかに」

でも、私はがまんできなかった。この時をのがしたら、もうあのお方と話すことはおろか、会うことすらもできないだろう。

「私は長い間、あなたさまを恋いしたっておりました。あのいやな秀吉の手から逃れ、どこかにつれて逃げてほしいと、念じておりました」

侍女たちが戻ってきた。目はうるみ、どこか仕草がしどけない。何があったのか、ちゃちゃにはすぐにわかった。私たちはなおも小声で話す。侍女たちは、素知らぬふりをしてくれる。

私も、あのお方に抱かれたい。後のことはどうなってもかまわない。今、この時の気持ちを受け止めてほしい。

あのお方は、目をそらした。唇をかみ考え込んでいる。ややあって、かぶりをふった。

「それ以上は、おっしゃらない方が」

しかし、いったん流れ始めた気持ちは、とどめることができない。熱い気持ちがほとばしり、もう止めることはできない。私は言葉を続けた。

「いいえ、どうしても、言いたいわ。私は侍女たちと同じことがしたいのです。もう会えないと、わかっているからこそ」

「それは、いけません。ちゃちゃ様を想うからこそ、あのようなことをしてはいけないのですえ。私を想うからこそと、あのお方はおっしゃった。それは、私を少しは気にかけていたということかしら。次の瞬間、私はうちょうてんになっていた。そして、なぜだかわからないけれど、秀吉の元に早く行きたくなったのだ。長い間決めかねていた黒楽茶碗の銘が急にひらめいた。

「そうだ。『悪女』にしよう」

翌日、聚楽第への道中、あのお方とは一言も口をきかなかった。だって、あのお方のまなざしには、私へのせつない恋慕の想いが、ありありと見えたから。私は確信した。あのお方は、私への想いに苦しんでいらっしゃる。もしかしたら、私は悪女なのかもしれない。私を想ってくれるあのお方を苦しめたくて、仕方ない。私は上きげんで秀吉に抱かれた。

しかし同時にこうも、思った。私は女鳥媛のように恋しい人に抱かれて死ぬことはできないのだわ。あのお方はかなしそうな顔をするだけで、何も言ってはくださらない。隼別皇子のように私をどこかへさらってほしいのに。私の胸にせつなさと同時に、煮え切らないあのお方へのうらみの気持ちがうずまく。

「こんなに苦しい思いをさせられるのなら、いっそ殺してしまいたい」

そしてはっと気づいた。私も伯父信長公に似たところがあるのだと。愛が実らないのならば、相手をほろぼしてしまいたい。そんな相反する激しい感情が胸の内にあるのだと。

第六章　翁

二人の妹たちと共にちゃちゃが入った聚楽第には、すでに何人もの女たちがいた。ちゃちゃはその女たちの一人にしかすぎなかった。

「お姉さま、ずいぶんと狭いお部屋ね」

「なんだか、うす暗いし」

妹のはつも、ごうも不満そうだ。二人は以前暮らしていた坂本城のような住まいを思い描いていたのだが、狭く粗末な部屋のしつらいに、がっかりしている。

「仕方ないわ。私は新参者なんだから。がまんしなきゃね」

そうはいっても、ちゃちゃは内心かなしかった。

こんな粗末なあつかいを受けるとは思ってもいなかったのだ。正妻の北政所さまには劣るだろうが、それに準ずる待遇であろうと期待していた。若いことと、織田家の血筋であることが、ちゃちゃの精一杯の矜持だった。私よりも格下の女たちに見くだされてなるものか。

ちゃちゃはいつも気持ちを張りつめていた。

そんな私に、利休様が声をかけてくださった。

「姫、たまには私の点てる茶でも飲みにいらっしゃいませんか。喫茶去とも、申しますよ。」

その言葉は亡き父浅井長政を思い出させた。お父様はあの時、喫茶去とおっしゃっていたわ。私は利休さんに尋ねた。

「喫茶去とは、どんな意味があるのですか」

利休さんはどう説明しようかと迷っているようだったが、やがて答えた。

「いろんな意味がありますが、茶道では、まあお茶でもいかがでしょうかと、いうほどの意味で使っております」

利休さんの点てる茶は、やはり格別の美味しさだった。私はひととき浮世の憂さを忘れた。

秀吉には聚楽第だけでなく、大坂城にも伏見城にも秀吉の女たちがいるらしい。いったい何人の側女を持てば気がすむのか。秀吉のあくなき征服欲は、領地だけではなく美女へも向けられていた。しかし正室の北政所をはじめ、大勢の女たちは誰一人として懐妊しない。齢五十をすぎた秀吉の家督を誰がつぐのか。それは豊臣家にとっては大問題である。いや、日本にとっても、重大な関心事だ。

血筋の近い親戚の子供たちを何人か養子にむかえ、そのうちで英明なものを後継にしよう。秀吉も、北政所もそのつもりだった。すでに姉、仲の子秀次に家督を継がせることに、ほぼ定まっていた。そんな中での、ちゃちゃの聚楽第入りである。主君信長の姪であり、あこがれの人だったお市の方の娘であるちゃちゃへの秀吉の執心には、なみなみならぬものがあった。

毎晩の夜伽は、ちゃちゃに命ぜられる。ちゃちゃは女たちの部屋の前を通って、秀吉の寝所に向かう。部屋部屋のふすまは締め切られていたが、中からはただならぬ気配がただよってくる。でも、ちゃちゃは気にもとめなかった。今までかいくぐってきた修羅場にくらべれば、なんのことはない。落城の際の雄叫び、血しぶき、鉄砲の音、断末魔のうめき声。女たちの怨念など、ちゃちゃにとっては取るにたらないものだ。

女たちも、ちゃちゃをどこか軽く見ている。どうせ、懐妊などしないだろう。新手の女が現れれば、すぐに忘れ去られる。そんな思いもあるようだ。

しかしある時、噂が疾風のように聚楽第を走った。

「おちゃちゃ様、ご懐妊」

その噂は聚楽第を超え、朝廷へ、大名たちへ、洛中洛外へ、日本中へと、あっという間に広がっていった。

「本当だろうか」

「今まで、誰一人懐妊しなかったのに」

中には、こんなことを噂するものもいた。

「本当に秀吉の胤《たね》だろうか」

そんな噂を耳にしても、ちゃちゃは少しもたじろがない。それどころか、少しせり出し始めた腹をなでながら婉然と笑みをうかべて、謡いの一節を口ずさんでいた。

〽千年の鶴は。萬歳楽と歌うたり。

又万代の池の亀は。甲に三極を供えたり。

天下泰平国土安穏。今日のご祈祷なり

女ながらもちゃちゃには、城が一つ与えられることになった。淀城である。ちゃちゃは武力によってではなく、女同士の戦さを勝ち抜くことによって、一城の主人となったのだ。

秀吉が贅を凝らして建てた聚楽第には、いくつも能舞台がしつらえてあり、たびたび諸国の大名たちを招いて能がもよおされていた。観世太夫や宝生《ほうしょう》、金剛《こんごう》、金春の各流儀の演能が活発に行われていた。戦国大名たちには、能の素養があるものが多かった。徳川、細川、京極など古くからの名家では、幼い頃より武士の素養として能に親しんでいた。

貧しい出自の秀吉には、能にふれる機会がなかった。出世街道に乗ってからも、どうしても能に苦手意識があり、自分には手のとどかないものと、半ばあきらめていた。しかし天下人になった今、莫大な富にものを言わせて、昔からの憧れをかなえようとしていた。

黄金ずくめの能舞台、金糸銀糸の錦織の能衣装。それをお抱えの能役者に着せてお気に入りの能の番組を舞わせる。太鼓・小鼓・能管の囃子方にも、きらびやかな衣装を着せ、お道具にも金砂が塗られている。秀吉は大いに悦にいっているようだった。

さらには能舞台の目付け柱には金蒔絵、鏡板には金泥で描かれた松の絵。いったいどれだけの費用がかけられているのか。それは懐具合のとぼしい公家衆や、戦費に事欠く大名たちを圧倒した。

「わしには、こんなに金がある。お前たちが歯向かっても、いくら陰口をたたいても、わしにはかなわぬぞ」

秀吉には、そんな意図があったのだろう。そのうちに自らも謡いたいと言い出した。各流の太夫たちはみな表向き、我が流儀でのけいこをと申し出た。しかし内心では、どうかご勘弁をと思っている。この頃つとに感情の起伏が激しくなった秀吉の機嫌をそこねたら一大事だ。事実、茶頭の山上宗二は秀吉への率直な物言いがすぎて、畿内から放逐され、行方知れずになっているではないか。

秀吉は、金春太夫を指名した。

「わしは金春流で『翁』を謡うぞ」

金春流は能の四座（観世・宝生・金春・金剛）の中でも最古の歴史を持つ。一説には聖徳太子に支えた渡来人の秦河勝を始祖とするとも言われているが、定かではない。河勝は内裏で散楽（能の原型）を舞った最古の能役者と言われている。「翁」の作者であるとも伝わっているが、これも根拠はない。

ただ、「翁」の冒頭の詞章

〽どうどうたらり　たらりら
たらりあがりららりどう

ちりやたらりたらりら
たらりあがりららりどう

には、「吐蕃（今のチベット）」の言語の名残が見られるとも言われていて、渡来人がその成立に関与していたのかもしれない。しかし、その成立は謎につつまれている。

金春流は、「翁」の正式な継承者を自負している。事実、奈良の興福寺や春日大社で長く神事に奉仕して来た歴史を持つ。「翁」の伝承は一子相伝の秘儀とされ、長く門外には閉ざされていた。その「翁」を秀吉はどうしても謡いたいのだ。見事に舞って、諸大名をあっと言わせてやりたい。

「承知いたしました」金春太夫は、晴れやかな笑顔で請け合った。

しかし、内心は困惑していた。「翁」は、能であって能にあらず。秘曲中の秘曲である。その難曲をいきなり謡いたいと言い出す秀吉に、どうけいこをつければ良いのか。金春太夫のひたいには汗がにじんでいた。

いつもは玄人の演能に使われている能舞台でのけいこが始まった。秀吉は、華やかに着飾った女たちを引き連れてやって来た。三条どの、加賀どの、松の丸どの、その中には聚楽第に入ったばかりのちゃちゃもいた。女たちは、わき正面に座る。クスクス笑いや内緒話、嬌声でなんともにぎやかだ。それでも、秀吉が見台《けんだい》の前に座ると、かしましい声はやんだ。金春太夫がその脇に座る。

「まず、へその下三寸あたりに気をこめ、見所《けんじょ》の奥まで声を届けるように」

〽どうどうたらり　たらりら

秀吉はけんめいに謡うが、だみ声に加えて調子外れなのだ。女たちは平静をよそおって聞いているが、みな心の中では噴き出しているのがわかる。

ちゃちゃは、ただただあきれていた。こんな調子はずれの謡いを、家臣や私たちに聞かせる秀吉の厚顔ぶりに。幼い頃から能の名手であった父長政の謡いや仕舞いを見て来たちゃちゃには、聞くに耐えない。坂本城で「明智討ち」を見た時の殊勝な秀吉はどこにもいなかった。あの時は、秀吉の繊細な心にふれ少し心が動いたのだけれど、今の秀吉は、権力におごり慢心しているように見える。

ちゃちゃはため息をつきつつ、あたりを見回した。見所の正面に座っているあのお方に気がついた。秀吉の「翁」の謡いを聞くあのお方は、少しうつむきき、まゆ根にシワが寄っている。

「何を思われているのかしら」

ちゃちゃはあのお方の心の中が知りたい。見つめているちゃちゃに気づいたのか、あのお方はこちらを見る。目が会う。二人の視線は離れない。見つめあったまま､胸の中で会話する。

—お元気でしたか。

—ええ。なんとか過ごしておりますのよ。

そこで会話は途切れる。秀吉のだみ声がやんだのだ。二人はあわてて視線をそらす。

「難しいものじゃのう」

「いえいえ。初めてのけいこにしては、大したものでございますよ。さ、もう少しお続けなされませ」

「そうか」金春太夫のお追従に、秀吉はまんざらでもない様子でふたたび謡い始める。

ちゃちゃは、再びあのお方の方に視線を向ける。今度はあのお方は舞台を向いたまま、ちゃちゃとは視線を合わそうとしない。こっちを向いて、くださいまし。ちゃちゃの心は切なさでいっぱいになる。でも、あまりしげしげと見つめていると、周囲の者に不審に思われるかもしれない。

仕方なく、視線をはずす。脇正面から見る秀吉は、背が曲がり髪も薄くなっている。おおいやだ。ちゃちゃは身ぶるいする。いくら権力があると言っても、こんな男の側女だなんて。幼い頃の、りりしく美しい隼別皇子と出会って愛し愛される夢は、今では粉みじんになってしまった。

今度は目をふせたまま、横目であのお方の顔をぬすみ見る。秀でた額、凛々しいまゆ、きっと結んだ唇。やはり、あのお方さまこそ隼別皇子だわ。ちゃちゃは心の中であのお方に語りかけた。

―会いたい。もう一度、二人だけで会いたい。

何かが通じたのだろうか、あのお方の視線がこちらを向くのを感じた。ちゃちゃは我慢できずに、あのお方の方を見る。瞬間、目が合う。ちゃちゃは二人の視線がからみ合い、想いが火を吹いて、火花が散ったかのように思った。そして、心が通じたのだと確信した。

──会いたい、二人きりで会いたい、と。

やっと秀吉のけいこが終わり、女たちがそれぞれの部屋に引き上げる途中、誰かがちゃちゃの小袖のすそを踏んだ。ちゃちゃは大きくつんのめりあやうく転ぶところだったが、かろうじて踏みとどまった。

「あぶない。誰がやったのか」

素早く周りを見回しても、みんな知らん顔をしている。自分の部屋に帰ったちゃちゃの顔は、ぶぜんとしたままだった。

「どうしたの、お姉さま。何があったの」

「誰かにいじわるされたの」

ちゃちゃは、何も答えられない。妹たちが、なぐさめるようにちゃちゃの肩や手をさすってくれる。

「ありがとう。もう落ち着いてきたから心配しないでね」

聚楽第のすべての女たちから、悪意を向けられている。ちゃちゃは、そう感じた。覚悟していたとはいえ、気が滅入る。妹たちの思いやりが、ちゃちゃには何よりもうれしかった。

その夜三人は、並んで床を並べて休んだ。ちゃちゃは、しみじみと妹たちに語りかける。

「あなたたちも、もうじきお嫁に行く年頃ごろだけど、せめてあなたたちだけでも好きな人のところにお嫁入りしてね」

「そうね、お姉さまは、お好きな方がいらっしゃったのに、こんなことになってしまって」

「清洲のお城で、お香の会にいらしたお方よね。それから安土城にも、なんどもいらっしゃった」

妹たちは、ちゃちゃの想い人を知っている。姉がどんなに胸をこがしていたかも。

「お姉さまは、私たちのためにここ聚楽第にこられたの、わかっているわ」

「私だって」

それは確かにそう。伯父の有楽斎や妹たちのために、私はこの道を選んだ。好きでもない秀吉の側女《そばめ》という、屈辱的な道を。

「いいのよ。みんなが幸せなら、私はかまわないの。さあ、もう休みましょうね」

そうは言っても、ちゃちゃはなかなか眠れない。昼間かいま見たあのお方の面影が、頭から離れない。それから秀吉の、調子外れの謡いの声も。

明け方になって、ようやくうとうとし、目が覚めたのは随分遅くなってからだった。妹たちは、もうとっくに起きたらしく寝所にはだれもいなかった。ちゃちゃは重い頭をかかえ、遅い朝餉を取っていた。妹たちがそっとはいってくる。上の妹のはつが、誰かからの文を差し出した。あて名も差出人の名前も書かれていない。

「だれからの、文なの」

「ふふっ。読んでみて」

読み進めるちゃちゃの顔が紅に染まった。

「これは……」

「そう、あの方からの文よ」下の妹のごうが、てがら顔で答える。

「でも、どうやって」

「お姉さまの様子を正直に書いたのよ。はたで見ていてつらくなるほどだって」

「あの方は、それだけで信用されたのかしら」用心深い戦国大名が、簡単に信じるとは思えない。

「お姉さまの櫛を入れたの。文の中に」

そのくしは母お市の方が織田家から輿入れする際に嫁入り道具としてたずさえたもの。べっこうに螺鈿の蒔絵と、織田家の家紋である揚羽紋がほどこされている。ちゃちゃはこのくしを、北ノ庄城落城の際、母からの形見としてゆずり受けた。母は髪からこの櫛を抜いてちゃちゃの髪に挿し、

「いつもこの櫛を、挿していなさい。きっとあなたを守ってくれるわ。幸せになるのよ。母はいつもあなたを見守っていますからね」と、言って炎の中に消えて行ったのだった。

それからずっと、ちゃちゃはその櫛を挿していた。清洲城から、あのお方に伴われて坂本城に移る際も、坂本城での最後の祝宴の時も挿していた。その櫛を妹たちは、あのお方さまへの文にしのばせたと言うのだ。

「まいったわね、あなたたちには」

「だって、お姉さまおつらそうだったから、せめて思いを伝えたいと思ったのよ」

妹たちのおせっかいはありがたいけれど、心の中を見すかされるのはうとましい。叱ろうか、ほめようか、ちゃちゃの心はゆれる。でも、それはどうあれ、返事の文を読みたい気持ちが先立つ。ちゃちゃは文を開いた。

短かすぎるけいこのあと、秀吉がみなを集めて「翁」を謡う能会の夜、ちゃちゃは月のものの障りがあると称して、部屋に引きこもった。今宵はほとんどの人間が見所に集められている。ほんのわずかな警固役が残されているだけだ。

あのお方は忍んでやってきた。そして震える手でちゃちゃを抱いた。

「ちゃちゃさま」あのお方は押し殺した声で語った。

「私は自分に負けてしまいました。主君である殿下の思い人にこのようなことを。もし、事実が露見したら、私たちはただではすみませぬ」

それはちゃちゃにもよくわかっていた。秀吉は決して私を許さないだろう。手討ちにされるか、はりつけか、石打ちか。いずれにしても残忍な方法で殺されるに違いない。妹たちも、道づれに。

でも、それは覚悟の上。父長政が語ってくれた古《いにしえ》の恋物語では、権力者であった大鷦鷯の大王は隼別の皇子と女鳥媛を屠《ほふ》った。むしろ私はあのお方さまとの恋ゆえに命を失うなら本望よ。

「あなたのためなら私は死にます」私はあのお方にささやいた。それは幼い頃からの私の夢でもあった。

あのお方は私に、一振りの短剣を渡した。

「これは、私の遠い祖先からつたわってきた家宝。この刀をちゃちゃさまにお渡しします。もしもの時は、いさぎよくこの刀で。私もすぐに後を追います」

私は震えるほどうれしかった。あのお方が、死を覚悟してまで私との恋をつらぬこうとしてくださったことを。もっと、話したい。まだまだ一緒にいたい。離れたくない。どこかに連れ去って欲しい。隼別と女鳥が吉野に逃れたように。でも、あのお方は何かにおびえるようにすぐに去ってしまわれた。

能舞台からは、囃子方の鼓や能管の調べが聞こえる。三番叟を舞う、狂言方のこっけいな仕草に、笑い声が上がる。

ちゃちゃは、あのお方の去った臥所《ふしど》の中で身じろぎもせずにいた。ついに私は思いをとげた。でもなぜかむなしい。あのお方は、私を連れ去ってはくださらなかった。私たちの恋は、これで終わりなのだろうか。

秀吉のシテ謡いが聞こえてきた。交互に金春太夫の地謡が聞こえるが、決して引けを取らない。ずいぶんと上手になられた。

〽千年の鶴は。萬歳楽と歌うたり。

又万代の池の亀は。甲に三極を供えたり。

天下泰平国土安穏。今日のご祈祷なり
さすがは天下人だわ。並みの人ではこうはいかない。ちゃちゃは小声であわせて謡う。

〽千秋萬歳の。喜びの舞なれば。
一舞、舞おう萬歳楽。
萬歳楽。萬歳楽。萬歳楽。
その夜、ちゃちゃは懐妊したのだった。

第七章　小田原合戦

　ちゃちゃは、懐妊のほうびに秀吉からたまわった城の名にちなみ、淀と呼ばれるようになった。女の身でありながら、一城の主人になったのだ。これは破格の出世と言える。正妻の北政所も、他の女たちも城まで与えられた者はいない。

　けれども、この頃の淀はきげんが悪い。唇をぼってり赤く彩ってみても、香を薫《た》きしめた金糸銀糸の豪華な打掛けをまとってみても、黄金ずくめの茶室でお濃茶をいただいても、どうしても心がはずまない。

　大きくせり出した腹をなでながら、わが城淀城の天守閣から宇治川をながめる。冬の重い雲が空一面にたれこめ、それをうつす川面も鈍色《にびいろ》に光っている。妊娠は淀にとって初めての経験だ。胃がもたれ、乳房が張る。そしてわけもなく気分が滅入る。

「お母さまが生きていらしたら、あれこれ相談できたのに」

　淀の母、お市御寮人が世を去って久しい。心きいた奥女中が何人も淀につかえているが、やはり他人は他人。初めての出産には何かと不安が多い。こんな時は血のつながった女親に頼りたいのに。淀は早くにこの世を去った母がうらめしくなった。

北政所は、体調を気づかい無事の出産をねがう優しげな文面の文にそえて、おりおりの季節の初なりの果物や、旬の魚をとどけてくれるが、淀はどうにも素直に受け取れない。

侍女たちも
「お口に入れない方が、よろしいのでは。何かが仕込まれていては大変ですもの」

などと言うものが多い。

豊臣家の後継になるかもしれないお腹の子を、まさかとは思うけれど、やはり用心することにしている。

淀は川面を眺めながら、北政所の心の内を想像してみる。十四で嫁した秀吉との間に、長年どうしてもできなかった子が、側室の私にできた。豊臣家の将来のためには、もちろん喜ばしいことだけれど、一女性としてはどうなのだろう。子のない女は、幼い子供を見ると無意識にその子をうばい、わがものとして育てたいと思うらしい。それが女の本能だとも聞く。それがかなわぬのなら、いっそのことその子を殺してやりたいとも。

「ああ、こわやこわや」

北政所様は生まれてくる子に、どんな態度を取るのだろうか。子をなした淀への嫉妬のあまり後妻《うわなり》打ちにおよび、危害を加えるかもしれない。その昔、北条政子が夫源頼朝の愛人を襲い、打ちすえたように。あるいは生まれた子を、理由をつけて奪いとるかもしれない。初めての出産をひかえ、気持ちが不安定な淀は、どうしてもよくない想像をしてしまう。

それにもう一つ、淀には誰にも打ち明けられない重大な秘密がある。その秘密は、母体である淀しか知らない。妊娠八か月といつわっているが、実はもう臨月になっているのだ。今は、いつ出産してもおかしくない時期にきている。

もし、その秘密が明るみにでたら……。

恐ろしいことが母である淀にも、そして父親であるさるお方にも、起こるだろう。天下人秀吉をあざむき、不義密通したものは、密かに始末されるかあるいは市中ひき回しの上、石打ちの刑で殺されるか。いずれにしろ秀吉の激しい怒りをかうことは、間違いない。淀はその光景を想像するだけで、身がすくむ思いがする。

その時、

「関白さまが、おいでになられました」

小姓の声より早く秀吉の顔が部屋を覗く。淀は内心のおびえをつくろい、精一杯の作り笑顔で秀吉をむかえる。秀吉は今まで見たこともないほど、笑み崩れている。

「また、腹が大きくなったのう。前にせり出しておる。これは間違いなく男子じゃろう。うれしいではないか、わが豊臣の跡とりじゃ」

「まだ、分かりませぬよ」

「いいや、男じゃ。男に決まっとる」

のどに苦いものがこみ上げる。生まれて来る子が、秀吉に似ても似つかなかったらどうしよう。あのお方のおもかげを宿していたら。

くもりがちの淀の顔を見て、秀吉はあわてる。

「いいや、いいや。どちらでもかまわぬ。姫であれば立派な婿をむかえて、豊臣の名をつがせれば良いだけのこと」

そう、女の子が良い。娘ならば多少顔が似ていなくても、ごまかすことができる。

「ともかく、丈夫な子を産んでくれよ。それだけがわしの願いじゃ」

秀吉は、淀の腹を愛おしげになでる。苦しい。この人の胤ではないお腹の子を、こんなにも愛おしそうになでる天下人の姿が、淀にはおそろしくてたまらない。もし、秘密が露見したら……。淀の背筋に冷たい戦慄が走る。

「ああ、どうしよう。女の子でありますように。私があの世に行くまで秘密が守られますように」

眠れぬ夜が続き、淀は憔悴していった。秀吉はあわてて方々の僧に祈祷させる。しかし、はかばかしい効果はない。

気分も体調も不安定な淀は自分の居城、淀城で秘密裏に出産したかった。口の固い侍女たちから秘密がもれることはまずないだろう。しかし、北政所が伏見城での出産をと言い出し、秀吉も賛成したので仕方なく淀は従った。

もう、どうにでもなれ。そんな心境だった。小谷城、北ノ庄城と二度の落城を経験した淀は、ぎりぎりの場面に遭遇すると不思議と度胸がすわる。疑われたら、疑われた時のこと。ばれたらばれた時のこと。淀はなかば開き直っていた。出産の経験のない北政所には、この秘密はわかるまい。そんな計算もあった。

木々の緑が淡く芽吹き、春霞がたなびくうららかな春に、淀は伏見城で出産した。産まれたのは淀の願いとは逆に、男子であった。淀城から伏見城への移動が体にさわったのか、城に着くとすぐに淀は陣痛をもよおし、比較的安産で出産した。公には八ヶ月の月足らずでの出産と触れている。生まれた子供はずいぶんと小柄で、淀の主張は疑われることはなかった。

秀吉は淀の産屋に毎日顔を出し、初めてのわが子を、おそるおそる抱いた。あくびをすると、眠いのだろう、すぐに寝かせなさいと言い、くしゃみをすると、風邪をひかせてはいけないと、あわてでさらに産着を着せる。赤子が暑がって、ハアハアと息をすると誰か風を当ててやれと、次から次へと言い立てる。その度に大勢の人があわてて動く。そんな中で、静かに眠れるはずがない。赤ん坊は、常にふきげんにぐずっていた。

「この眉間の小じわは、秀吉さまそっくり」

「切れ長の目尻も」奥女房たちは、あれこれと言い立てる。

「そうかえ、そうかえ」

淀も調子を合わせる。生まれたての赤子の顔は、日々変わっていく。淀は深く安堵した。このまま、秀吉の子として押し通そう。そう思えるほど、赤子は誰にも似ていなかった。

北政所は、淀の産屋に申し訳程度にしか訪れない。彼女は親戚の子や家臣の子を、大勢引き取り育てていたが、まだ赤子を育てたことはない。こわごわと顔をのぞき、腕に抱く。ぐらぐらと首が座らない小さな体をどう扱ったら良いのかわからない。落としでもしたら大ごとだ。

北政所はそんな自分が情けなくなる。子供を産めなかった自分をはじる。そして、そんな自分を勝ち誇った様子で、じっと観察している淀を憎らしいと、思う。豊臣家の将来を、たくせる跡継ぎができたのは喜ばしいかぎりだけれど、一人の女としては目がくらむほど淀がねたましい。それは言葉に出せない。いや人前でそんな感情を持っているとさとられるのは、なんともくやしい。だから自然に足が遠のいてしまうのだ。

赤ん坊は鶴松と名付けられた。羽二重《はぶたえ》の産着を着せられ、あふれんばかりに乳をだす健康な乳母も付いている。しかし、乳を吸う力はかぼそく弱々しい。

「月足らずでお生れになったからですよ。もうじきお元気になられます」

そんな気休めを奥女中たちは言ってくれるけれど、淀は気が気ではない。本当は十月十日の月満ちて生まれた子なのだ。それにしてはひよひよと頼りない。元服までぶじに成長してくれるのだろうか。

淀は鶴松の顔を見ながら、ため息をつく。

「やはり、罪の子だからか」祈るような気持ちで、鶴松のほっぺをなでる。

「どうか、丈夫に育っておくれ」

そして胸の内でそっとつぶやく。

「この罪が、永遠に秘密のままでありますように」

秀吉は生まれたばかりの我が子に心を残しながらも。小田原に出陣していった。淀と鶴松は伏見城に残された。この城での生活は、何かと気がねが多い。淀は早く我が城に帰りたいと、幾度も秀吉に文を書き送った。

その返信に淀は目をむいた。小田原に来いというのだ。何を言っているのだ、この人は。私は産後間もないし、乳飲み子の鶴松はどうするのだ。まさか、連れて行けというのでは。母としての本能が、我が子を守ろうとさせている。そんな長旅に、命をかけるかも知れない戦さ場に、可愛い我が子を連れてなど行けないではないか。淀の脳裏に、小谷や北ノ庄での修羅場の光景がよみがえってきた。

その文にはさらに続きがあった。

「鶴松は北政所にまかせよう」

淀はぼうぜんとする。鶴松をおいて小田原へ。鶴松をおいて。母親としての本能が、そんなことはできない、いとしい我が子をおいていくなんて、そんなことはできるはずがない。それに、北政所に預けるなんて。赤子を育てたことがないのに、細かい世話などできるはずがないではないか。きっと本人からの差し金だわ。私を小田原へ追いやっておいて、留守の間に鶴松に何かするおつもりでは。

淀の気持ちは次第に高ぶってきた。鶴松。鶴松。よく眠っていた我が子を抱き上げ、狂気のように抱きしめる。鶴松は驚いて大声で泣き始めた。つられて淀も泣いた。悲しくて、辛くて。どうしたらいいか、わからなくて。

「淀殿、どうされた」

低く落ち着いた老女の声がした。薄紫の地に華やかな扇面を散らした大打掛に半ばうずもれたような大政所が、せかせかと入ってきた。

「母子で泣いてどうするのじゃ」

言葉はきついが、表情はとても優しい。あきらめた頃にやっと生まれた内孫が、可愛くてたまらないらしく、すぐにあばばとあやす顔ぶりをする。父親はそれぞれ違うが、自分が生んだ子を四人育てた大政所は、たっぷりの自信で赤子に接する。鶴松はすぐにきげんを直し、可愛い目で祖母を見つめほほえんだ。

「殿下が鶴松を大坂に残して、小田原に来るようにと言われるのです。産まれてわずか三月の子を残して、いけるはずがないではありませぬか」

「そうか。それはちとむりな話じゃのう」

「この子を一人で残していくなど、できるわけありません」

「そうじゃのう」

大政所は、なれた手つきで鶴松を抱きいとおしげに幼いものの顔をながめていた。ふと、何かに気づいたのか、大政所は一瞬表情を引きしめ、鶴松をじっと見つめた。

「淀、この子は」

「はい」

大政所は、いぶかしげに淀の顔に視線をそそいだ。まゆがわずかにひそめられた。そのまま何事かを考えている。そして小さくため息をついた。

淀の背に冷たいものが流れる。この子が秀吉の子ではないことに、気づいたのだろうか

淀も負けじと、見つめ返す。ここでたじろいではいけないと、自分をはげます。大政所は

ついと視線をはずした。一つ大きな息を吸い、何事かをあきらめたように長く息をはいた。

目元には涙がにじんでいる。鶴松を侍女に渡し、両手で淀の手をきつくにぎった。

「この子を大事に育てよう。豊臣の将来をたくす大事な子じゃ」

絶望なのか、哀れみなのか、諦念なのか、大政所の目は複雑な表情にゆれている。

わかったのだな。淀は思った。わかった上で、私は秘密を守ると、おっしゃりたいのだ。

この子を後継ぎとして育てましょうと。

「はい。確かに」

淀も大政所の手をにぎり返す。その瞬間、大政所の目の表情が激変した。憎しみと怒りで、ギラギラと光りはじめる。淀の手をふりはらい、立ち上がった。

「淀よ、小田原へ行きなさい。その間、私がこの子の面倒を見てやろう。四人も子供を育てた私だ。乳母も侍女もおるので、心配はない。この子を置いていきなさい。よいな」

大政所の言葉に逆らえるはずもなく、淀は力なくうなずいた。その日から鶴松は母の淀から引き離され、大政所の居室に移された。

鶴松がいない初めての夜、淀は眠れない。高貴な女性は皆、乳母を置いていたが、淀は自ら授乳していた。それは自らを罰する自責の念であったかもしれないのだが。ほとばしるほどよく出る母乳は、何かにしぼりださないと母体に乳腺炎を引き起こす。しぼった乳を捨て

るくらいなら、鶴松に飲ませたい。そう思うのは、自然な感情であった。

目を細めおっぱいを飲む鶴松の顔をながめるのは、なんとも言えない至福の瞬間だった。鼻筋がよく通り、長いまつ毛の鶴松はまだほんの乳児とは言え、将来の美少年を予感させる。この子の成長をずっと見とどけることができるものと、淀は思い込んでいた。その鶴松と、不意に引きはなれた。淀の腕にも胸にも、鶴松の感触が残されている。赤子特有の乳くさい匂いも。

「ああ」

淀は寝床の中で、もだえ苦しむ。いまごろ鶴松はどうしているのか。乳はもう飲んだのか。むつきは替えてもらっているのか。そして、だれが添い寝をしているのか。

凶暴な怒りがこみ上げてくる。母としての本能が、淀を狂わせる。どこからか赤ん坊の泣き声が聞こえてきた。そらみみか。いや、あれはたしかに鶴松の泣き声。

淀ははね起き、走り出した。侍女たちがあわてて静止しても、淀はひるまない。鶴松の方へ、赤ん坊の泣き声がする方へ、淀は走る。

突然、闇の中から腕がのびてきて淀は抱きかかえられた。

「おしずまりください、淀の方さま」

その声は、留守居を任されていたあの方だった。

「事情は、お聞きしています。でも、この先へ行ってはなりません。殿下からも言いつかっております」

淀のひざが、がくりと落ちる。

「でも、あの声は鶴松の」

「そらみみでしょう。鶴松さまは、もうとっくにお休みになられたそうです」

「でも」

「ここは、私に免じてこらえてくだされ」

あの方の眼も、少し濡れている。私の気持ちをよくわかってくれているのだ。鶴松の父が本当は誰であるかも承知しているのだ。承知の上で、私をいさめている。

それでも納得のいかない淀は、なおもかけ出そうとする。やっと追いついた侍女たちが、淀の行く手をさえぎる。

「鶴松……」淀の悲痛な叫びは暗闇にすい込まれた。

「落ち着け、淀」いつのまにか大政所が、かたわらに立っていた。

「わしと、乳母とで鶴松を寝かしつけた。鶴松はすっかりなついてくれてのう。きげんよく過ごしておるわ」

「鶴松を返してください。鶴松を」

淀は懇願する。

「だめじゃ。このわしの言うことが聞けぬなら、どこへでも去るがよい」

大政所の語気は、聞いたことがないほど激しかった。

「さっさと帰れ」

足音あらく去って行く大政所に、淀はにくしみに近い感情を覚えた。

「くやしい。私に力がないばかりに、鶴松を取られてしまった。きっと北政所のたくらみに違いない。くやしい。いつかきっとこの思いを晴らしてやる」

淀はその場に泣き伏し、声をしのんで泣いた。あの方はしばらくその場にたたずんでいたが、天をあおぎ大きく一息つくと、静かに去っていった。淀は、無言で立ち去っていくあの方の背中にすがって泣きたかった。

「お立場もあるでしょうが、せめて何か一声かけてくださっても。実の父はあなたなのに」

淀はその場に崩れ落ちた。涙がこぼれおちる。

「鶴松、鶴松」

嗚咽がとまらない。淀は長い間泣き続けた。春とはいえ、夜気は冷たい。淀の体はすっかり冷えた。と同時に、いつのまにか気持ちも落ち着いていた。

「こんなことに負けてはいけない。いつかこの手に鶴松をとりもどすまで、私はもう泣かない」

涙はかわいた。淀はきつく唇をかんで寝所へ戻った。そしてゆっくりと眠った。何しろ鶴松は、夜中によく泣く子だったから。

美しく晴れ上がった空の下を、淀は華やかに飾りつけた輿に乗って、東へ下っていた。鶴松にはあれ以来会えていない。大政所にきつく申しつけられている。

「鶴松は、きげんよく育っておるぞ」

大政所の言葉は、信じがたい。癇《かん》が強く体の弱い鶴松が、一日中きげんよくばかりしているとは思えない。

「でも、もういい。あの方たちにお任せするしかない」

淀は、鶴松への思いをしばらくの間は心の奥底に秘めておくことにしていた。

小田原へ。初めての遠出に淀の心は弾んだ。一行は淀だけでなく、秀吉は何人かの側室も一緒の旅に、たいそうな金子《きんす》を使っている。新しく橋をかけさせ、道普請《みちぶしん》をし、宿舎となった寺には新たに豪奢な別棟を建てさせた。あちらこちらで、名所旧跡を遊山《ゆさん》する淀たち一行の進軍は、なかなか進まない。大坂を発ってから、ほぼ一ヶ月もの長旅になった。

その間淀は疲れも見せず、上きげんを装っていた。小田原攻めにはあの方も加わっている。もしかしたら、再び顔を見られるかもしれない。そう思うだけで、鶴松と会えないさびしさも、他の側室たちとのつまらぬ意地の張り合いも、たえられる気がする。

淀は初めて富士を見た。聚楽第や淀城のしつらえにも富士が描かれている。富士とは実際はどんな山なのか、淀はよく想像していた。しかし、実物をこの目で見ることができるとは思ってもみなかった。五月晴れの空と、海とが互いに青さをきそい合う、そんな日だった。富士のお山はどっしりとそびえ、すそ野はどこまでも広がっている。あまりに美しいので、一行はしばし休息をとり、富士をながめることにした。

「淀、どうだ富士のお山は」

むかえにきていた秀吉が、尋ねる。

「言葉に尽くせませぬ。まことに日本一のお山でございますね」

「ここまで来たかいがあったであろう」

淀は、うなずく。

「あの浜辺が三保の松原でしょうか。謡曲『羽衣』の舞台の」

「こんな晴れた日には、天女が舞っているのが見えるようじゃのう」

〽愛鷹山の
二人は声を合わせて謡った。淀は心が晴れ晴れとしている。いつも心のどこかに巣くっている鬱屈も、今日はない。鶴松のことも、北政所とのあつれきも、今日は頭の片隅に追いやっている。

「関白さま」淀は、甘えた声を出す。

「この辺りに、住みたいものですね。私と関白さまと鶴松だけで。畑を作り、浜で釣りをし。きっと毎日が楽しいことでしょう」

「それもよいのう」秀吉の声にはまんざらでもない響きがある。

「わしは尾張の百姓じゃった。うりやなすを育てておった。とりたての野菜はうまかったのう」

秀吉の表情が、見たこともないほどゆるんだ。遠い日の暮らしを、なつかしんでいるのだろうか。

「じゃが、そうはいくまい。まだまだせねばならんことが多いでな」

瞬時に、秀吉は統率者の顔にもどった。

「さて、出発じゃ。あと二日で小田原に着かねばならぬ」

前日の天気から一転して、翌日からは梅雨の雨空に変わった。灰色の分厚い雨雲に閉ざされ、もう富士は見えない。しとしとと驟雨《しゅうう》が降り続く中を、秀吉一行は小田原近くの石垣山に、普請中の新城に着いた。

豊臣のおもだった家臣たちが勢ぞろいで、秀吉一行を出迎える。秀吉と側室たちは輿から降りてあいさつを交わす。福島、細川、森、前田、中川、安国寺、石田。その中には、恋しくも憎いあの方の顔もあった。もちろん淀は、表情をくずさない。内心の動揺は、ぎゅっとにぎったこぶしの中に押しかくし、嫣然《えんぜん》とほほえみをたたえた顔で武将たちに、えしゃくをする。

美女ぞろいの秀吉の側室の中でも、淀は群をぬいて美しい。若いこともあるが、子を一人産んだ後の、女としてのなんとも言えない艶やかさがある。殺伐とした戦場をくぐり抜けてきたばかりの武将たちの視線は、自然と淀の方へと吸いよせられていく。

「淀の方じゃ」

「なんとあでやかな。咲き誇った牡丹の花のようじゃ」

そんなざわめきが、淀をますます輝かせる。私もまだまだまんざらでもないんだわ。淀はわざと男たちに、にこやかに会釈をするが、あの方とは目も合わさない。

「私にこんなに苦しい思いをさせて、知らん顔しているなんて許さない」

ちらりと目のはしにとらえたあの方の顔は、なぜかゆがんで見える。

「苦しんで。もっと苦しんで。私がどんなに苦しかったか、わかってちょうだい」

片時も忘れられなかった鶴松の顔が、急に浮かぶ。淀は体の芯がふるえるほど、鶴松が恋しくなった。鶴松の乳臭いにおいと、泣き声と、小さな指が淀の指をにぎりしめる感触を思い返し、気も狂わんばかりになった。

「淀、何をしている。城に入るぞ」

淀は秀吉の声で、我に返った。気がつくと、一行は再び輿に乗り込んでいるところだった。淀はちらりとあの方の方を見やる。顔を伏せていたあの方が急に顔を上げ、二人の目線は合った。苦しげな表情だった。せつなさと悲しみと愛おしさが、複雑にからまった目をみて、淀は思わず歓喜した。

「この人は私のためにこんなにも苦しんでいる。まちがいなく、この人は私を愛しているんだ」

なぜか、淀は上きげんになった。周りにもあいそよく振る舞い、秀吉にも可愛く甘えた。秀吉にはその理由はわからない。わからないが、愛妾のきげんの良さは秀吉にも伝わり、全軍に伝播していった。もとより、今度の小田原攻めは九分九厘勝利が約束されている。関東各地の北条氏の支城での戦いは、散発的に起こってはいるが、いずれも豊臣勢に制圧されている。あとは、相手方の降伏を待つばかりになっていた。

新たに築城された石垣城では、毎夜華やかな宴がもよおされた。能舞台が特設され、秀吉一行にともなわれてやってきた能楽師たちが次々に演能する。金春、観世、宝生、金剛の一座はそれぞれ囃子方をつれ、互いに芸を競い合った。

能見物に、武将たちもやってくる。その中にはもちろんあの方もいる。二人は素知らぬ顔をする。ただならない仲が周囲にさとられないように。仕方がないことと、淀もよくわかっている。だけど、やはり物足りない。あの方のそばに行きたい。触れたい。熱い吐息を感じたい。

最初のごきげんさはどこへやら、淀は落ち込んでいった。産後間もない淀の気分は不安定で、感情の抑制がきかないのだ。部屋にこもる日々が多くなる。苦しくて、誰にも会いたくない。秀吉が部屋を訪れても、ろくに口をきかない。初めは寛容だった秀吉も、とうとう怒り出した。

「いつまでも不きげんでいるなら、お前だけ帰ってしまえ」

淀は唇をかみしめ、なみだに震える。秀吉にどなられたせいだけではない。鶴松に会えないこと、あの方と他人のふりをしないといけないこと。なさけなさが次々とおし寄せる。今の頼りない自分の立場まで、いとわしく思えてきた。

「世が世ならば、お父さまが生きていらしたらば、私はあんな男の側室になど、ならずにすんだのに」

いつの間にか現実をはなれ妄想の世界に入り込んでいった。

「小谷の城が落ちなかったら、今頃は素敵な若武者と夫婦になれていただろうに。あの隼別と女鳥媛のように。それどころか、あんなはげねずみのものになるなんて。いやでいやでしょうがないわ」

憂鬱な思いがどんどん広がっていく。もう、こんな世の中に生きていたって仕方ない。と、いうところまで、淀はつき進んでしまった。

「もう、このままいっそ死んでしまおうか。可愛い鶴松は取り上げられてしまうし、あのお方さまは知らん顔だし。この先、生きていても仕方がない」

死んでしまおうかという、どこか甘美な思いが淀の全身をひたした。淀はあの方から送られた短剣を懐から取り出し切っ先をのどに当ててみた。

「いっそ、この刀で。あの方さまからいただいたこの刃で死んでしまおうか」

それは白くなめらかな、のどもとの一点を意思あるもののように突き刺そうとした。淀は、ハッと我に帰る。

「あぶない。あやうく自害するところだった。いけない。こんなところで、こんなことで死んでしまったら、あの世のお父さまお母さまに申しわけない」

次の瞬間、淀はもう立ち直っていた。

「生きよう。生きていこう。生きていればきっと、どうにかなる」

翌朝からの淀は、再び上きげんを取りもどしていた。秀吉にも急にあいそ良くふるまい、困惑させる。

「やれやれ、おなごの心はわからぬのう」

秀吉のため息は、折からの豪雨でかき消された。

今年の梅雨は例年になく長い。石垣山の新城からのせっかくの眺めも、降り続く驟雨のため視界がきかない。富士のお山も、相模湾も、北条氏が作り上げた小田原の城下町も、ほとんど見えない。戦さも膠着《こうちゃく》状態で、城内にはなんとも言えない気だるい気配が漂っていた。

「今日も雨か」

「長うございますねえ」

その美貌をうたわれる松の丸殿が欠伸《あくび》混じりに答える。

「もう十日も降り続いて、なにやら気分がはれませぬ。能見物ももうあきてきました」

三条殿の表情もくもりがちだ。

「まあ、そういうな。そうじゃ、面白い男に合わせてやろうか」

「え、面白い男とは」

「高山右近だ」

「まあ、高山さま」

日頃は何かと折り合いの悪い淀と三条が声をそろえた。二人がおどろくのも、無理はない。高山右近は秀吉のキリシタン禁令の命に従わなかったため、高槻の城と領地は没収され、今は加賀の前田家に食客として養われていると、聞いていたからだ。

「前田に従って、家臣をひきいて当地に来ている。わしが来るようにと前田に命じていたのだ」

「ぜひ、お目にかかって茶など点てていただきたいわ」

淀が、はなやいだ声を出す。

「利休さまの門弟の細川さまや蒲生さま、古田さまもお呼びになって、お茶事はいかでしょう。小田原方に見せつけて。」

「なるほど。それも良いな。三成もよんでやろう」

城内にしつらえた茶室で、茶会をすることが決まった。

茶会の当日も大雨だった。こんな天候ではどちらの陣営からも戦さは仕掛けないだろうと、思えるほどの豪雨だった。関東各地に散らばって、北条方の支城を攻めていた武将たちが集まって来た。今日はもっとも格の高い正午の茶事。亭主は利休。正客は秀吉。次客は家康。以下、細川、蒲生、古田、名高い武将たち。加えて側室の淀、三条、松野丸、。末席に座って運ばれて来た料理や茶道具の差配をするお詰めは高山だった。

茶室に席入りする前に、案内を待つ露地に招かれた客が集った。誰もが高山の顔を見て内心は驚いたであろうが、そんなことはおくびにも出さず、沈黙のうちにじっと案内を待つ。武将たちは裃に短袴《たんこ》、女性たちは色を抑えた小袖。今日はいつもの華やかさを抑え、侘びた色目の衣装を身につけている。

やがて合図があり、蔀戸《しとみど》にたたずむ亭主の利休に、無言であいさつをして、客たちは手水《ちょうず》で手と口をきよめて茶室に入る。床の間の一行ものは、「無」の一字。竹の花入れには、白い山百合がただ一輪いけてある。ふすまが開き、亭主の利休があいさつに出てきた。ここで初めて、亭主と客は言葉を交わす。

「本日は、ようこそおいでくださいました。秀吉さま、長雨が続きますが、お体におかわりはありませぬか」

「ああ。いささか退屈しておった。今日の茶事、どんな趣向か楽しみにしておるぞ」

「次客の徳川さま。三島の山中城攻めは、なんぎであったとお聞きします。お味方の大勝利おめでとうございます」

家康は、いつも眠たげに見える重いまぶたをピクリとも動かさず、鷹揚にうなずく。

「三客、蒲生さま。韮山《にらやま》城ではまだ籠城が続いておると、聞き及びます。配下のご家臣たちも、さぞご苦労をされておられる事でしょう。ともあれ今日一日は、ごゆるりとお過ごしくださいませ」

「戦さのならいとはいえ、韮山城内での惨状には、耳をおおいたくなります。早く降伏してくれれば良いのですが」

秀吉の口元がピクリと動く。家康がすばやく目くばせをする。

「これは、失礼しました。茶席の話題ではありませんでしたな」

「戦さ場のことは、今日はお忘れなさいませ」

淀が、思わず助け舟を出す。蒲生殿は深くうなずき、もう言葉を発することはない。

「淀殿、三条殿、松野丸殿、よくおいでくださいました。いずれおとらずお美しい。極楽の花園のようでございますな」

三人は、はなやかに笑う。

「あら、お珍しい。利休さまからそのようなお言葉を聞くとは、思いませんでした」

「ほんに、ほんに」

「お内儀のりくさまが、お怒りになりますよ」

また、三人はいっせいに笑う。

「いつもこのように仲が良いと良いのだが」

秀吉の皮肉交じりの言葉が、一座の笑いをいっそうさそった。

利休は居ずまいを整えたのち、お詰めの右近に向かう。

「高山殿、久しゅうございます。お元気そうで何より」

とは言ったものの、右近の頬はこけ、髪には白いものが混じる。

「前田殿の配下として松井田城攻めに加わっております。久しぶりの戦さ場、いささかとまどっては、おるのですが」

秀吉の表情が、再び厳しくなる。

徳川殿が、話題を変えた。

「ところで、鶴松君はお元気でしょうか」

今度は淀の表情がくもる。大政所が鶴松をうばい、私は遠い小田原まで追いやられた。会いたくても会えないのだ。

秀吉は淀の顔をちらりと見て、言葉を継ぐ。

「乳母の乳をよくのみ、きげんよく過ごしておるぞ」

淀は、顔をふせる。今までおさえていた鶴松恋しの感情が、ふたたびあふれ出しそうなのだ。それにくわえて実の父であるあの方へのやるせない思いも。複雑な気持ちが入り乱れ、言葉にならない。一座は、沈黙した。何かはわからないが、重い空気が流れた。

懐石、濃茶と茶事は進み、あとは薄茶となった。これまでは格式ばった作法はさておき、薄茶席は比較的気楽にくつろげる。

利休も表情をゆるめた。

「さて、お薄を一服さしあげましょう。今日の茶菓子は私が作りました「麩やき」でございます。小麦粉を水に溶かしたものを鍋で丸く焼きました。中の餡は味噌に南蛮渡の黒糖を混ぜております。どうぞお正客さまからお取り回しくださいませ」

秀吉が懐紙《かいし》に一つ取り、ほおばる。

「うむ。なかなか良い味じゃ。じゃが、いつも麩やきばかりでは、ちと飽きるがのう」

一座は笑いにつつまれる。利休の茶席ではいつも、麩焼きが出される。中の餡はそれぞれだが、実を言うとみな少々あきているのだ。一座の空気は和んだものになった。末客の高山まで茶が回り、茶事は終わった。淀は、なごりおしい。このままあの方の後をおっていきたい。しかし、そんなことはできない。淀は去って行くあの方の後ろ姿を切なく見つめる。

「そういうことだったのか」

淀の姿を、じっと見ていた秀吉はつぶやいた。

「鶴松の誕生祝いに、あやつは祖先伝来の宝刀を贈ってきよった。祝いの気持ちはうれしいが、少々訝しく思ったことがある。なぜにこうまでと。なるほど、そういうことだったのか」

秀吉の顔は苦々しげにゆがんだ。

お水屋でお道具の片付けをしながら、利休はまな弟子の山上宗二の身の上に思いをはせていた。秀吉によって京を追われた宗二は、ここ小田原に流れてきていると噂に聞いている。合戦が始まる前に逃げ出しているのか、戦さに巻き込まれてはいないかと、宗二の無事を案じていた。どうにかして会える手立てはないものかと、利休はあれこれと思いをめぐらせる。こんなに近くにいるのに。

関東一円に広がっていた北条方の支城はほとんど落とされ、残るはここ小田原城のみとなった。城のまわりには、十万をこえるとも言われる大軍勢がおしよせている。人、人、人。どこからこれほどの兵を集めてきたのか。北条方の武将はあらためて秀吉の権勢におどろかされていた。

小田原城のまわりの総囲いはとうに破られ、百姓や町人たちは、かねての手はず通りに城に逃げ込んでいる。その者たちに与える食糧は日に日に少なくなっていく。秀吉の軍勢が城を取り囲んでいるため、食料や弾薬の補給がままならないのだ。城の内部は、次第に飢えがみちてきた。

その中に、茶人山上宗二がいた。宗二は率直すぎる物言いが秀吉の怒りをかい、畿内所払《ところばら》いに処せられた。高野山、金沢、駿府と各地を流浪していたが、かつての門弟の口利きで、小田原に流れ着いていた。北条一門は、秀吉への対抗心もあって宗二を厚遇した。宗二は茶室をしつらえた家を与えられ、弟子をとることを許された。利休の直弟子であった宗二の教えを学ぼうと、多くの入門者が集まった。身の安全が保障され、懐もうるおい、宗二の生活はやっと安定した。

しかし、これで茶の湯三昧の暮らしが送れると思ったのはつかの間で、まもなく秀吉が大軍勢を率いて関東におし寄せてきた。もう、茶の湯どころではない。宗二は、わずかばかりの茶道具と身の回りのものを持って、小田原城内に逃れてきた。

「やっと落ち着いた暮らしができるようになったと言うのに、また秀吉か。わしはどうして、あの男にたたられるのだろう」

秀吉の大軍勢が城を取り囲んでから一ヶ月が過ぎようとしている。武器庫の矢玉《やだま》は尽き、食糧も残りわずかとなった。戦いで大けがをしても、何の手当てもしてもらえない負傷者たちのうめき声。ひもじいと泣く赤ん坊の泣き声。やかましいとわめく荒びた声。城内には不穏な空気がただよい始めていた。

そのうちに梅雨に入り、関東一円に長雨が続いた。城内の者は、もう動く気もしないようで、みなぐったりと横たわるか、何かにもたれているばかり。こんな日がもう何日も続いていた。かつては代々の当主の美意識にすみずみにまで磨きぬかれていた小田原城も死臭と糞尿にまみれ、贅をこらしたふすまや障子、檜の床などは焚きつけにされて城内は廃墟と化している。

荒廃した城内を見回す宗二の胸に、なんとも空しいものが去来する。権勢をほこった人も高価な茶道具も壮麗な城も、いつかは滅び、ただの土塊《つちくれ》となってしまう。むなしい。この世はなんとむなしいものか。なんのために私は、あの権力者秀吉に逆らってまで、茶道に命をかけてきたのか。茶道など、この世の地獄と化しつつあるこの小田原城内では、何の役にもたたないではないか。宗二はうつむきながらそう考えた。むなしさのあまり足元がゆらぎ、奈落の底に落ちていきそうな気持ちにおそわれる。

このままここで、飢えのために朽ちはてるのだろうか。いや、その前に敵の総攻撃のまきぞえになって、命を落とすかもしれない。それでも良い。もう、どうなってもかまわない。力なく横たわった宗二の頭には、とりとめもない考えが浮かんでは消えていた。十日余りも黒雲が天空をおおい、相模湾は鈍色にしずんでいる。このままいつまでも梅雨があけず、戦さは膠着《こうちゃく》状態のまま続くのではないかと思われていた。

ふいに、梅雨明けを告げる稲光りが小田原城を刹那に照らした。ほぼ同時に、城内をあるささやきが、さざなみとなって走った。

小田原城、開門。ご一族は自刃と決まったらしい。

しばらく重い沈黙が流れる。誰も動かない。物音一つしなくなった。が、少しずつ声にならない声が、城内にみちていった。

「終わるのか」

「本当だろうか」

「我々はどうなるのだろう」

「道づれにされるのは、いやだ。生きて城門から出たいぞ」

やがて、正式に布令を告げる声が城内にひびいた。

「戦さは終わりじゃ。じきに敵軍が城の受け取りに現れよう。百姓・町人は、早々に城からいでよ」

どうやら、本当らしい。ざわめきの波が一気に広がった。

「わしは帰るぞ」

だれかがふいに立ち上がり、片足をひきずりながらかけ出した。

それが合図のように、みな起き上がった。おとろえた体のどこにそんな力が残っていたのか、力をふりしぼり歩き出した。

「田んぼは、わしらの田んぼはどうなったのか」

「わが家は、ぶじか」

「店は略奪されているかもしれんが、とにかく帰ってみよう」

城の大門からは、やせさらばえた姿の人々の群れが、われ先に逃げ出していった。

宗二は横たわったまま、なりゆきを聞いていた。終わったのか。やっと、終わったのか。

しかし、ここを出ても私には行くあてがない。どこまで逃げても、秀吉が追ってくるにちがいない。いっそこのままここで死んでしまいたかった。

「ここから立ち去れ」

再び、触れの声が退去をうながす。しかたなく、宗二はふらふらと立ち上がった。梅雨は上がったのか、すみ渡った夏空ときらめく相模湾が、宗二の目にまぶしくうつった。

「夏か。いつのまにか夏が来たのか」

宗二は城の表門から、おぼつかない足取りで、出ていった。

これからどう生きようか。どこへ行こうか。なんのあてもない宗二は、荒廃した町並みをぬけ、荒れ放題の田畑をさまよった。半分黄色くなったマクワウリが一つ、しげった草の間に残されていた。宗二はかぶりついた。甘い汁がほとばしる。夢中で吸い込んだ。水分がのどを抜け、空っぽの胃の中にしたたり落ちるのを感じた。

うまい。こんなうまいものが、この世にあったのか。身体中にマクワウリの汁が染み通っていく。さわやかな風が、ひげだらけの頬をなでる。宗二の乾いた目に涙がうかんだ。

「もう少し、もう少しだけ生きてみようか。こんなにうまいものを食うために」

「宗二殿、宗二殿ではございませんか」

百姓姿の男が押し殺した低い声で呼びかけた。

「いかにもわたしは宗二だが、お主は」

「あるお方の命を受け、あなたさまをおさがし申しておりました」

「あるお方とは」

「それは申しあげられませぬが、あなた様をさがし出し、石垣城へとお連れするよう申しつかっておりまする」

宗二は、しばし考える。あるお方とは誰であろうか。こころあたりがないわけではない。おそらくは……。それともこれは秀吉のわなだろうか。私をおびき寄せるための。しかし、たかが私などのために、秀吉がそんなことをするだろうか。すべて嘘とは思えない。

行ってみようか。お師匠様の顔が、久しぶりに見たい。話もしたい。行ってみようか。たとえ死が待ち受けていても、かまわない。できることならば、最後にゆっくり茶をのみ語り合いたいものだ。いざという時には、懐中の忍刀で自害するまでのことだ。宗二は覚悟を決め、その男にしたがった。

石垣城の大手門から、転がるように利休が出てきた。

「宗二、宗二。生きていたのか」そういうと、利休は愛弟子の手を取り、しばらく動けなかった。

「お師匠さま」宗二も言葉がない。二人はしばし無言でたたずんでいた。

「まあ、入れ。茶室へ案内しよう。にわかごしらえだが、なかなかの出来じゃぞ」

「まさか、黄金の茶室では」

宗二の軽口に、利休はあわてて目くばせをした。どうやら口にしては、いけないことだったらしい。

城の内部はまだ普請の途中だったらしく、あちらこちらに建材や建具が放置されたままだ。もう、戦さの先行きが見えた以上、普請は中止されるらしい。利休の茶室は本丸の一角にしつらえられていた。壁には藁がすき込まれ、天井には明りとりが開けられている。床には円相の軸がかけられ、真紅の牡丹が一輪いけられていた。利休好みの草庵作りの侘び茶席だった。

「まずは、座れ。茶を飲め。話はそれからじゃ。喫茶去と言うではないか」

久しぶりに茶室に座った。茶釜には湯がこんこんとたぎっている。ほのかに香るのは、炉にいけられた練香《ねりこう》の香りだろう。宗二は深々と息を吸い込んだ。うす暗い茶室。釜鳴りの音。香の香り。釜から湧き上がる湯気。茶せんが茶碗を擦《す》る音。宗二の五感は、久しぶりに鋭敏に働き始めた。ああ、茶室に戻ってきた。二度と座ることはないと覚悟していたのに。そして、宗二は思った。やはり、茶を点てたい。私の目指す侘び茶をきわめたい。

いつの間にか、茶が点て上がっていた。一口いただく。ほの苦い味が口中に広がる、

「いかがかな、宗二」

「美味しゅうございます。お師匠様。軽さの中に、なんとも言えぬ渋みが加わって、夢の如ごとき味わいでございます」

「ははは。夢とはな。口の悪いお主にしては、うまいことを言うではないか。お前が世辞を言うとはのう」

二人は顔を見合わせて笑った。笑うのはいつ以来だろうか。宗二は久しく笑っていないことに気づき、さらに笑った。

ひとしきり笑った後で、宗二は気になっていたことを、利休に尋ねた。

「ところで、お師匠様。私はここにいて良いのでしょうか。関白様が……」

利休はうなずき、答える。

「以前よりご殿下の機嫌のおりを見はからって、何度か申し上げていた。それにこのたびは淀殿もお口ぞえくださったのだ。許してやってくださいと」

淀殿が。ちゃちゃ姫様が。なつかしい名前を宗二は聞いた。淀殿も、ここ小田原に来ていらっしゃったのか。幼きころ、私と一緒に小谷の山をかけめぐっていた、あのちゃちゃ姫が。お子をお産みになられたと聞いている。

「殿下は、お主の点てる茶を所望しておられる。よもや異存はあるまいな」

利休の目が強く光る。宗二は黙って首をたれた。

利休の心づかいで湯に入りひげをそった。こざっぱりとした袴と十徳《じっとく》が、用意されていた。近習は宗二を石垣城の奥深くに案内した。そこには案の上、黄金の茶室がまぶしく輝いていた。ふすま、障子の桟、畳べり、すべて黄金で彩られている。台子、釜、皆具《かいぐ》も金。きらびやかな光に満たされた空間は、極楽浄土を思わせた。

「なんと、戦の最中だというのに。こんなところにまで持ち込んでいたのか」

宗二が声もなくたたずんでいると、

「宗二、久しいのう」

足音高く秀吉が現れ、主客の座にどかりと腰を下ろした。

「心配しておりましたよ、宗二」

淀殿が続いた。宗二はすばやく一瞥《いちべつ》する。勝気そうな目元、ぼってりとした唇、すっと通った鼻筋。幼いちゃちゃ姫の面影がしのばれた。

「さて、一服点ててもらおうか」

「承知いたしました」

宗二は平伏し、水屋に下がった。茶入れは金蒔絵、茶杓も金造り。これでもかと、いうくらいの黄金ずくし。いったいどれほどの金額がかかっているのだろうか。ついさっきまでいた小田原城の荒廃し色の失せた内部を思い浮かべる。なるほど極楽とはこんなところなのか。おれはこの世の地獄と極楽を見たことになるなと、ひとり苦笑した。

「どうだ、この茶室は。わしはこの黄金の茶室を組み立て式に作らせてみた。日本中どこへでも、いや、唐天竺までも持ち込めるようにな。さて宗二、一服所望じゃ」

宗二は金襴手《きんらんで》の京焼き茶碗と黒楽茶碗を交互に眺め、黒楽を手に取った。

「ほう、黒楽を選んだか」

秀吉が、やや顔をしかめた。

「はい、かえって黄金の美しさを引き立てると思いまして」

「なるほど」

秀吉はそれ以上は、何も言わなかった。

宗二はぼってりとした黒楽を膝前に置くと、一つ大きく息を吸い、薄茶点前を始めた。実は逆の効果を狙っている。すべて黄金色の茶室にあって、黒楽茶碗の温かみのある質感が、かえって神々しくうつるのを、計算の上だった。

「あの茶碗は」

淀は、うなずいた。私が持ち込んだ茶碗だ。銘は「悪女」。淀はどこに行くにも必ず、この茶碗をたずさえている。

茶せんを振る五本の指のすみずみにまで、宗二の美意識が込められている。きたえ抜かれた筋肉質の宗二の体だが、手先だけは繊細に動く。流れるような点前で薄茶がなみなみと点ち上がった。黒い地肌に若草色の抹茶の色が美しくはえる。

「美しい。なんと美しい。黄金などよりも、もっと高貴で美しい」

淀はほれぼれと宗二の点前を見守った。淀には宗二のいずまいそのものが、茶道の極意に思える。昔、小谷の山を縦横にかけ回っていた若き日の宗二の、忍びらしくむだのない動きを思い出していた。

薄茶を一口すすった秀吉は、

「うまい。えもいわれぬ妙味じゃ。腕を上げたのう。」と、満足げだった。

「ところで宗二。帰参を許すぞ。また、このようにうまい茶を点ててくれ」

宗二は小さくうなずいた。

「わしは小田原と奥州の始末がついたら、あらたに京に会所を作ろうと思う。茶室がいくつもあり、書院の間もある会所じゃ。もちろん全て黄金ずくめのな。そこに諸侯や公家たちを招くのじゃ。もちろん、天皇も。わしの財力を目の当たりにすれば、だれもが反抗する気も失せるじゃろうて」秀吉は、ゆかいそうに語る。

「お主は、そこで茶を点ててくれ。みなは驚くであろう。ついにあのへんくつ者の山上宗二も、わしの前に屈したかとな」

宗二は何も答えない。ただ唇をかみしめてうつむいている。

「どうした、宗二。返事をせい」

なおも、宗二は沈黙を続けた。

「殿下が、ああおっしゃっているのです。はいと言いなさい、宗二殿。いえ、道一」

淀が、さとす。

「で、できませぬ」

宗二の舌はもつれる。ふるえる声でやっと答えた。

「そ、それは、私の茶ではありませぬ」

「お前の役割は、ただわしを楽しませることだけだ。余計なことは言わんでよい」

「できませぬ」

「なんだと」

宗二は、懐中の忍刀にふれた。父の形見は宗二の心を落ちつかせた。そして今度はきっぱりと答えた。

「それは、私の茶ではありませぬ」

「あやまりなさい、宗二。なんと言うことを」

淀の声は悲鳴に近い。

秀吉は手にしていた黒楽を宗二に投げつけ、さらに激しく打擲した。宗二は忍刀を手に逃げ出そうと試みたが、屈強な近習たちに、羽交いじめにされ引き立てられた。

夕刻、一体の骸《むくろ》が門の外に投げ捨てられた。目も鼻も耳も削ぎ落とされ、無残な姿になり果てた宗二だった。

第八章　利休大いに笑う

どうして俺は、こんな目にあっているのか。ただ思いのままに笑っただけなのに」

利休は眠れぬまま聚楽第近くの利休屋敷で朝を迎えた。障子の向こうがほの白い。満開の白椿の香りが座敷にまで漂ってくる。清冽な香りに、利休の目が冴える。横になったまま、自分の腹をなでてみる。日頃節制しているせいか、この年齢にしてはたるみもなく、すべすべとした暖かい肌が掌を押し返す。

「ここに刀を突き立てて、そのまま一気にかっさばくのだ」

もうとうに七十を越えた自分は、いつの日にかは病を得、家族に看取られながら死んでいくことだろう。そのように漠然とおもっていたが、まさか武士でもない自分が切腹をするとは、夢にだに思わなかった。

秀吉の小ずるそうな顔が目に浮かぶ。お点前に集中していると見せかけて、こちらの表情をうかがっている。利休に教えを乞うと見せかけて、肚の中では、たかがお茶頭ふぜいが偉そうにと、小馬鹿にしている。それはお互いさまでは、あるのだが。

あの黄金の茶室。それには、利休もたしかに力を貸した。茶入れ、水差し、建水《けんすい》、火箸。

全て黄金でしつらえた。それどころか、畳縁《たたみべり》も、ふすまも、天井も、障子の桟《さん》までも、すべて金色にまぶしく輝いている。

「下卑ている。やりすぎだ」

利休は心中で密かに思っていた。しかし、口に出すことは今の地位からの失脚を意味する。

「ここに、正親町《おおぎまち》天皇をお迎えして茶会をする。点前は利休殿にお願いしたい」

利休はかしこまり、深々とお辞儀をした。

「天皇の御前でお点前をする。それは確かに大変な名誉だ。しかし天皇はじめ、公家の方々はこの黄金の茶室を見てなんと思われるだろうか」

それは想像にかたくない。人目がなくなったところで堂上貴族たちが、目引き袖引きしての忍び笑いをもらすことだろう。利休は重い気分になる。

ついに正親町天皇を聚楽第にお迎えした時の秀吉めの表情。猿回しにごほうびをもらった時の、小猿そのものだった。あのとき俺はつつましく目を伏せてはいたけれど、あまりのくだらなさに、笑い出しそうだったわ。

秀吉が、台子《だいす》点前をしている利休の表情を盗み見ていることには、もちろん気づいていた。

しかし利休は分厚い唇のはしにも、大きな二重の目尻にも、ほんのわずかな表情の切れ端すらも漏らさないように、表情を固め続けた。利休はつつがなく点前をつとめた。公家衆は大げさに黄金の茶室を褒ほそやしたが、本心は分かっている。どうせ田舎者の成金趣味とでも言っているにちがいない。

ご一行が帰られた後、二人きりで跡見の茶席をもった。

「どうじゃこの黄金の茶室は。おぬしの侘び茶の対極をいってみたのだが、これはこれで面白かろう」

「さようですな。これはこれで面白うございます」

「まことに、そう思っておるのか」

「嘘は申しませぬ」

そう。わたしは嘘は言ってはいない。しかし黄金色に照り映えたわたしの顔は、茶道の真髄である侘び錆びた美しさとは無縁であったであろう。茶の湯とは一切の無駄を削ぎ落とし、冷え冷えとした美を求めることなのだ。

究極を言えば、茶道具は世間が珍重する唐物だの東山御物だの、そんなことはどうでもよい。あり合わせの道具で間に合わせればそれで良いのだ。道端に転がっていた欠けた茶碗であっても、犬の水飲みであっても。必要なのは、取り合わせの面白さ、それから自らをへりくだり、客をもてなす心なのだ。そう考えると、黄金の茶道具であっても別にかまわない。だから、これはこれで良いと、言ったのだ。嘘はついておらぬ。

利休の究めてきた茶道は「茶禅一味」に行きついていた。「茶禅一味」とは、茶も禅も、突きつめていけば同じく人間形成の道であるとの意である。権力者におもねり、感情を隠し、お追従を言わねばならない今の立場は、もはや耐え難いものとなっていた。

「殿下の茶は……」

その先は、どうしても言えなかった。高弟の山上宗二にできたことが、どうしても利休にはできなかった。

廊下から、軽い足音が聞こえる。遠慮がちに障子が明けられた。妻のりくだ。

「朝餉の支度ができました。おめしあがりくださいませ」

ため息と共に、ささやくような声でりくが語りかける。ふだんなら、謡で鍛えたりくの声はか細いながらもよく響くのだが、今朝は声にも張りがない。

「ああ」

利休も生返事しかできない。数時間後には、もうこの世にはいないのだ。朝餉を食べてもしかたない。切腹した後、腸から見苦しく食べたものが流れ出たらどうするのだ。

りくは唇をかみしめたまま利休の返事を待っている。泣くまいとこらえている。俺が切腹した後、この女はどうするのだろう。まさか、秀吉はりくまで殺したりはしないだろう。いや、わからぬ。この頃の秀吉の目は、時折残忍な光を帯びることがある。それは、今までなかったことだ。

聚楽第のすぐ近くにある、利休造作の不審庵は、秀吉のお気に入りだった。侘びた草庵風のしつらえは、秀吉が子ども時代を過ごした尾張の田舎を思い起こさせるらしい。本心を言えば秀吉は、豪壮華麗な造りの聚楽第はどこか居心地悪く、この田舎家を模した質素な庵に、安らぎを覚えているのではなかろうか。

その日は、もう大晦日も近い寒い日だった。冬のかすれた夕陽が、明かり取りの障子を通して、薄暗い不審庵を弱々しく照らしていた。内部は手燭《てしょく》の灯りだけではほの暗く、正客に座った秀吉の表情は、ほとんど見えない。

秀吉は陰鬱な気分であるらしい。晩年に思いがけなく授かった鶴松の成長が思わしくない。ひ弱で病気ばかりしている。豊臣家を支える中心人物の弟秀長の病も長い。そして、何よりも秀吉にのしかかっているのは、いつか紫野《むらさきの》大徳寺で、中厳和尚の茶事の折に心に忍び込んだ大明国征服、さらには天竺を流れる恒河にまで到達したいという、途方もない野望なのだ。その野望は少しずつ輪郭が縁取られ、いつしか秀吉の確信に変わった。

島津も北条も討ち果たした後、日本国内はほぼ秀吉のものとなった。応仁の乱に始まる長い争乱の時代は収まり、やっと平穏が訪れた。みな、ほっと胸をなで下ろしている。百姓たちは、安心して田畑を耕し始めた。商人たちも活発に商いを始めている。

しかし、百年以上続いた争乱の時代は、刀を持つ者たちの心に、荒ぶる気質を抜きがたく刻印している。何かにむかって戦わずにはいられないのだ。それは、日本のすみずみにまで充満している。事あらば鎧刀、鉄砲弓矢を携えて決起したい荒くれどもが、ここかしこに跋扈《ばっこ》している。

その爆発しそうな不満をそらすため、彼らの鬱憤《うっぷん》の矛先を、まず朝鮮国へ、そして明国へと向けようとしているのが、秀吉の企みである。そしてあわよくば、そのはるか先の天竺へと、野望はふくらんでいる。恒河で沐浴し、己れの罪証を洗い流したいとの切なる願いがある。さもなければ、来世は人として生まれ変われぬだろうと、密かに秀吉は怯えている。

しかしながら、事は秀吉の思惑通りには運ばない。莫大な戦費、兵力の確保。そして、当然のことながら朝鮮での戦は停滞し、強大な大明国に勝つ見込みはほとんどない。秀吉子飼《が》いの加藤や福島を除いては、そんな壮大な夢物語に、まともにつきあおうとする大名などいない。口先をあわせてはいても、実際には動こうとはしないのだ。秀吉は焦っていた。

利休は、真っ赤に熾《おこ》った炭に触れないように、香を置いた。この季節にふさわしい、『黒方《くろぼう》』である。みっしりと重く鋭い香りが、秀吉の鼻孔をくすぐる。床の花籠には、庭の椿が無造作に投げ入れてある。秀吉は、正客の座に胡座《あぐら》をかいて座った。

「すまんが、今日は許してくれ。寒さでちと膝が痛んでおる」

「どうぞお楽に」

利休は茶道口から、順々に道具畳に道具を運んでいった。今日は赤楽茶碗を使う。薄暗い二畳対面の茶室の中の、ほのかな灯りが、艶やかな地肌にわずかに照り映える。赤楽茶碗はそこにあるだけで、幽《かす》かな光と人肌の温もりを茶室全体に放っていた。

秀吉は黙り込んだまま、じっと利休の点前を見つめている。しかし、その目がとらえようとしているものは、利休ではない。利休を包む釜の湯気のような、何かしら不可思議なもの。人知を越え、大自然をつかさどる力とでも呼べばいいのだろうか。それは秀吉を天下人と言われるまでに出世させてくれた、摩訶不思議な運命の流れだった。

ある時期まで、それは確かに秀吉とともにあった。その力は、一介の足軽に過ぎなかった秀吉を、天下人までのし上げてくれた。しかし、気がつくとそれは忽然《こつぜん》と消えていた。ほとんど秀吉の意のままに操れたこの世が、急に生きにくくなり、何かしら大いなるものからの悪意さえも感じられる。秀吉は、惑《まど》っていた。

沈黙を破って、秀吉のしわがれた声がした。

「のう利休。唐入《からい》りのことどう思う」

利休の手はよどみなく動き、茶せんを振り続ける。振りながらも頭の中は、どう返答すべきか忙しく考えをめぐらせている。

「どう、と仰せられても。手前にはまつりごとのことは分かりませぬ」

無難な答えが口から出た。

「私の仕事は、ただうまい茶を点てること、のみでございます」

炉に懸けた鬼霰《おにあられ》の茶釜が、音を立てて鳴り始めた。始めはただしゅんしゅんと勢いのある音だったが、いったんお煮えがつくと、ヒューと、物哀しげな音に変わる。それは、この世ならぬあの世から吹く風のように、どこか禍々《まがまが》しい。

「わしはこの音は好かぬ」

秀吉は、なみなみと点てられたお薄を、ふうふうと息を吹きかけながら、のみ干した。

「そして、おぬしも分かっているだろうが、実はわしは茶の道も好かぬ。お点前の順番などどうでも良い。道具やお棚の扱いが、いちいち違うのも面倒でたまらぬ。ただ、熱い湯でうまい茶を点てれば、よいだけのことではないか」

利休の頰は動かない。ただ、半眼にした目を秀吉の膝のあたりに、さりげなく落とした。

さあなんと答えようか。利休は秀吉に分からぬよう、素早くまばたきをした後、小さく息を吸い込む。再び炭火の勢を増した炉から、煉香の香りが重く立ち昇ってくる。

「あれほど見事な腕前を持ちながら、茶道がお嫌いとは。勿体ないことでございますな」

良かった。無難な答えが出てきた。

「世辞を言うではない」

利休の答えを、意地悪く待っていた秀吉の目が、なおも利休の横顔の表情を探っている。

「太閤様の腕前はさながら、野に伏す虎の如しでございます」

「どういう意味じゃ」

「お点前をなさっているときには、内に深く沈積し動かざる水のごときご様子であっても、ひとたび天下に事が起これば、刀を手に瞬時に躍り上がる力を秘めておられる。天晴れ日の本一の武士のお点前ぶりでございます」

秀吉の目がふとゆるむ。

「それに」

「なんだ利休。申してみよ」

「私はこの頃つくづくと思うのです。殿下のおっしゃるように、茶の湯とは、ただ湯をわかし、茶をたてて飲むだけのことだと。それだけが茶の湯ではないかと」

「わしの言ったとおりではないか」

「さすがに、天下様。茶の湯の真髄をとらえておられます」

その後の秀吉は終始きげんが良く、薄茶のけいこを始めた。珍しく自ら進んで薄茶を点て、利休にすすめた。

「結構なお点前でございます」

「そうか。うまいか」

「美味しゅうございます」

「こうして茶を点てていると、心の憂さも晴れる気がする。なかなか、茶の湯も良いものじゃなあ」

「はい。なかなかに、よきものにございます」

ひとしきり、誰彼の噂話をしたのち、秀吉はやっと退出した。茶室の片付けをしながら、利休の表情は、苦々しげになる。

「いったい、いつまであの猿めに、おべんちゃらを言わないといけないのだ」

「あやつの点前なぞ、田舎臭くてみておられぬわ。つい、この前までは信長様の草履取りとして、地べたにはいつくばっておったくせに」

秀吉の使った茶巾には、緑色の粘いものがべっとりと、ついている。

「お湯でのすすぎが足りぬのだ。ゆっくりと手のひらで茶碗の中の湯を回し、客の飲み残した茶を湯に含ませる。それから建水にこぼす。それが短気なあやつにはできぬ」

利休は金だらいに張った水で、手荒く茶巾をゆすぐ。

「一番の欠点は、茶の点て方が半端なことだ。茶がダマになって茶碗の縁にこびりついている。なんとも、田舎ぶりの茶よのう」

利休の脳裏に、かつて自分の高弟だった山上宗二の、ぎょろりとしたまなこと、あばた面が浮かぶ。

「姿形は醜くとも、宗二の点前は美しかった」

利休の推薦で、秀吉のお茶頭に取り立てられていた高弟の宗二は、茶道にひたむきすぎる男だった。率直な物言いが、秀吉の逆鱗《げきりん》に触れたのだ。

ある時、宗二は聚楽第にしつらえられたいくつもの茶室の一つで、秀吉にけいこをつけていた。八畳の広さの茶室には、書院棚が設けられ、その昔、足利将軍家より流出した東山御物《ひがしやまぎょぶつ》が、誇らしげに飾られている。掛け軸は牧谿の芙蓉図、宋代の青磁の耳付き花入に黒百合が一輪。

宗二はぎょろりとしたまなこで、室礼《しつらい》を眺め回す。

「大層な値がするであろうに。くだらぬことよ」

宗二は、秀吉の道具狂いが気に入らない。

「道具ではない。茶は、心で立てるものだ」との、信念を深く心に刻んでいる。

秀吉が、茶を掬《すく》おうとして、茶杓をぽとりと畳に取り落としてしまったことがある。間髪をあげず、宗二の甲高い声がした。

「それそれ、天下様はちと急ぎすぎますな。お気をしずめて、もそっとゆるやかにお点前をなされませ」

と、平然と言いのけた。

その声は、次の間に控えていた御伽衆《おとぎしゅう》や近習の耳にも聞こえたであろう。秀吉の顔色が瞬時に変わった。煮えたぎっていた釜の蓋を素手で掴み、宗二に向けて投げつけた。

「何を。わしに向かってえらそうに」

蓋は宗二のひたいに命中し、どっと血が吹き出した。

「お許しください。言葉がすぎました。どうかごかんべんを」

宗二は吹き出す血を、手で押さえながら懸命にわびた。

「いいや、ならぬ。打ち首じゃ」

秀吉の怒りは収まらない。宗二は捕らえられて、牢に入れられた。

京の町衆は
「明日にも、三条河原で磔じゃろう。あの男は口が過ぎるのじゃ」

と、噂した。

利休は悔やんだ。つね日頃、宗二の直言癖が気になっており、堺の町衆相手なら大目に見てもらえるが、武将相手には気をつけろとあれほど言っていたのに。事もあろうに、秀吉に物申そうとは。激昂している秀吉を諌められるのは、加賀の前田殿しか見当たらない。利休は利家に懇願した。

「あれほどの才覚を持ち、茶道に熱心な茶人は、天下広しと言えども宗二くらい。死なすには惜しい男です。なにとぞおとりなしを」

宗二は加賀藩の預かりとなり、しばらく京から姿を消した。

一年ののち、やっと許しを得て戻ってきた宗二を、秀吉は再び茶頭として召し抱えた。聚楽第に招き、例の黄金の茶室で、けいこを始めた。その日は淀殿も、陪席した。畳も床も天井も、茶釜までも全て金ずくめである。床には満開に咲き誇った緋色の牡丹が活けてあり、ムンとした匂いが、茶室からあふれんばかりである。そこに淀殿のきつい香の匂いが合わさって、宗二は頭が痛くなった。

秀吉は点前畳に正座し、手順通り薄茶を点てた。淀の方の前なので、いつもよりおとなしい。抹茶の薄緑が、黒楽の地肌に美しく映える。淀の方は、ゆっくりと飲みほした。

「殿下、美味しゅうございました」

秀吉は相好を崩した。

「そうか、美味かったか」

秀吉は茶道口の宗二に尋ねた。

「どうじゃ、お主がおらぬ間にわしの点前の腕は上がったであろう。お前が書いているという茶の秘伝書『山上宗二記』をそろそろわしにも見せてはくれぬか」

『「はい」と言え、宗二』

お水屋に控えていた利休は、祈るような気持ちで二人のやりとりを聞いていた。ここで我を張ってはならぬ。

しかし、宗二は事も無げに答えた。

「いやいや、秀吉様のお腕前はまだまだ。とてもではないが、秘伝書の伝授はできませぬな」

次の瞬間、秀吉は宗二を蹴り倒し散々に足蹴にした。

「おのれは、まだ懲りぬのか」

淀殿の前で恥をかかされた秀吉の怒りは、凄まじかった。

「刀を持て、こやつを叩き切ってくれる」

「殿下、お待ちくだされ」

淀殿がとりなした。

「このように、率直にものを言ってくれるのは宗二だけ。この者を成敗しては、なりませぬ。利休でさえ言わぬことを、宗二は命がけで言ってくれました。殺してはなりませぬ。この淀に免じてお許しくだされ。この者はわたくしの幼馴染、あとでよくよく言い聞かせまする」

利休は耳が痛かった。

『淀の方様が申される通り、わしは殿下に心にもない、世辞ばかり言っている。ああ、くだらない。自分が嫌になる』

利休は深くうなだれた。

『何が、茶禅一味じゃ。いくら大徳寺で座禅を組んでも、何にもならぬ。わしは一体何をやっているのだろうか』

結果、宗二の堺の店は打ち壊され、再び京より所払いになった。今度は、前田殿も動いてはくれなかった。所持していた茶道具は打ち壊され、宗二はほぼ無一文で、秀吉の勢力の及ばない北条氏支配の小田原まで流れていった。

小田原で、宗二は重宝がられた。天下に名高い利休の高弟であった宗二に、弟子入りの希望者は多かった。これはと思う弟子には、「山上宗二記」の写本を許した。それは法外な値段ではあったのだが。

城下での評判に動かされた北条家は、宗二を茶頭として召しかかえ、宗二はのびのびと己れの茶道を追求することができた。

「これでやっとあの男の顔色をうかがわないですむ。茶道具はなくしたが、なに、あり合わせのもので、いくらでも茶は点てられる。これこそが我が師、利休の説く『わび茶』であろう」

その小田原に秀吉は大軍を進めた。戦さの初めこそ派手な戦闘もあったが、やがて戦線は膠着状態になった。小田原城は豊臣方の大軍に取り囲まれたが、幾度となない豊臣軍の猛攻撃にも、持ちこたえていた。

「こうなれば、持久戦を覚悟するか」

秀吉は、上方から利休を呼び寄せた。利休は断りたかった。何しろもうじき齢七十になろうとする身である。長旅も戦地での仮住まいも、気が進まなかった。しかし秀吉の命である。利休は渋々やってきた。

秀吉は利休を亭主に、早速茶事を催した。眼下に小田原城を見下ろせる新城の石垣城に諸大名を招き、北条方にこれ見よがしに自軍の余裕ぶりを誇示した。茶事が終わった後、利休は小田原を見下ろしながら、かつての高弟山上宗二を想った。

「不憫なやつめ。やっと己れの茶道を追求できたと言うに。小田原はもう長くは保つまいに」

籠城中の小田原城内で、宗二も利休を想っていた。

「あそこに利休様がいらっしゃる。もう一度だけでよい。利休様に稽古をつけていただきたい」

秀吉は利休たちの次に、鶴松を産んで間もない淀殿を招いた。淀殿は、鶴松をてい良く大政所さらには北政所に取り上げられていて、矢継ぎ早に北政所の仕打ちを訴える手紙が何通も届けられていた。

「鶴松を取り上げられては、生きてはいけませぬ」とか、

「もはや、この世に何の未練もありません」とか。

秀吉は、

「小田原に来てみないか。少しは気分が晴れるかもしれぬぞ」

と、書き送った。どうせ来はしないだろうと思いながらも。ところが、淀殿は二つ返事で小田原にやってきた。殊の外、上きげんに。さらに淀殿は秀吉にねだった。

「小田原には、あの山上宗二がいるのですね。私はあの男に、もう一度会ってみたい。会ってあの男が追求している茶道の本質を、聞いてみたい。どうか、この城に呼び寄せてくださいませ」

淀の言葉は、戦線の膠着状態に倦んでいた秀吉の心を動かした。

「もう一度だけ、あの男を許そうか。長い放浪が、あの男の頑なな心をどう変えたか、確かめてみたい気もする。しかし、問題は北条方の厳重な囲みを突破できるかだ」

そう考えながら、秀吉は淀の方の顔をちらりと盗み見た。淀の方が素直に秀吉の招きに応じて、東下《あずまくだ》りをしてきたのを訝《いぶか》っているのだ。いつもならば、我が子鶴松のいる上方を離れたくないと、言い出すはずである。また、やれここが痛いあそこが痛い。寺に寝泊まりするなど、まっぴらだとか。それが、今回は二つ返事である。

「一体、どういう気まぐれか」

秀吉は不審に思っている。やがて、その疑問は解けた。

淀の方が小田原に着いたとの知らせに、諸大名たちは、石垣城に挨拶に集まってきた。徳川家康、細川忠興、宇喜多秀家、蒲生氏郷、そして石田三成。武将たちは順番に挨拶をしに進み出た。淀はにこやかに返答していたが、不意に艶やかな笑顔がこわばった。

しかし即座に華やかな笑顔を取り戻し、いっそう愛想よくふるまっていた。秀吉はそれを見逃さなかった。

「そうか、そういうことか」

秀吉は暗い穴の中に落ち込んだような気がしていた。あの二人、いつ、どこで。もしや、鶴松は……しかし、次の瞬間秀吉は思い返した。あの二人のことは、今は考えまい。今はただ、北条攻め、そして宗二をどう救い出すかだ。淀とあの男の件は、京に帰ってからじっくり考えよう。秀吉は、側小姓に小声で告げた。

「素破《すっぱ》を使って、宗二に利休が会いたがっていると伝えるのだ。利休の名前を出せば、あやつは素直についてこよう」

忍びの者に導かれ、宗二は石垣山中の新城にたどり着いた。菅笠《すげがさ》を目深にかぶり、古わらじに脚絆《きゃはん》、着古した木綿の小袖。膝や腕には垢がたまり泥がこびりついている。

知らせを受けた利休は城の大手門の前で待ちかまえていた。

「宗二」

宗二が秀吉の逆鱗に触れ、京都を追われてから三年の月日が経っていた。以前より痩せてはいたが、眼光は前にも増して鋭く、薄い口元は頑固者らしくへの字に曲げられていた。

それでも利休に手を取られると、涙をはらはらとこぼした。

「お師匠様」あとは言葉にならない。

「よくここまで来れたなあ」

「それでは、利休様のご配慮ではないのですか」

「わしは知らんぞ。ああ淀殿か、事によると関白様直々のご沙汰では」

宗二は口をつぐむ。と、いうことはもう一度私を試そうとしておられるのか。宗二の目に激情にかられて自分を蹴り倒した時の、秀吉の形相がありありと思い浮かんだ。

「宗二、覚悟を決めるのだ。今度こそ素直に頭を下げるのだぞ」

わかりましたと、いうように宗二は小さく頷いた。

「衣服を改めたら、私が秀吉様に謁見を願おう。しかし今度こそ、いらぬことを言わぬようになＪ」

秀吉と淀殿は、宗二だけをすでに完成していた茶室に呼んだ。ここも聚楽第の黄金の茶室と同じく、床柱、欄間、襖、畳は全て黄金が施されている。台子、茶釜、茶入れ、建水、全てまばゆい。宗二は茶道口からぼうぜんと眺めていた。ついさっきまでいた荒廃した小田原城と、なんという違いなのだ。戦場にこれほどのものをしつらえるとは。

貴人口から秀吉が現れ、淀が続いた。

「おお、宗二か。よく来たな。相変わらずの不敵な面構えじゃのう」

「北条方でも、茶頭をしていたとか。お前の求めていた侘び茶の道は、全うできていたのか」

宗二は何やら口ごもっている。緊張のあまり、まともに言葉が喋れなくなっているのだ。顔は真っ赤に上気し、額に汗が浮かぶ。

「どうかな、宗二。再びわしに仕えんか。淀もお前の話が聞きたいと言っておる」

淀も頷く。

「わたくしは、『侘び茶』という考え方に、興味があります。完全でないもの、欠けたもの、名もなき路傍の茶碗にさえ美を見出すのが『侘び茶』とか。この黄金ずくめの茶室にはない美とやらを、この目で確かめてみたいのです」

実は、淀にはよく分からない。欠けた茶碗のどこが美しいのか。利休がつね日ごろ口にし、宗二が命がけで実践しようとしている『侘び茶』とは何か。その思想は、どこか危険な香りもする。欠けたものの美のため、命をかける男の心情を淀は知りたい。

しかし、宗二は天下人の頼みをあっさりと断った。

面子を潰されたと感じた秀吉は、憤怒の形相になった。戦場に在る、という高揚感もあったのだろう。いきなり宗二を蹴り倒した。淀の悲鳴を聞きつけた近習が宗二を取り囲む。。

秀吉の怒りは凄まじかった。利休がその顛末を知ったのは、宗二の耳も鼻も削がれた死骸が、城の裏に打ち捨てられてしばらく経ってからだった。

利休は夕闇の迫る中、赤々と照らされる骸を無言で見つめていた。

「宗二、どうしてこんなことに。あれほど言い聞かせたではないか。なにも命までかけなくとも」

背後から女の声が聞こえて来た。

「利休様。このようなことになり、誠に申し訳ありませんでした」

振り向くと、淀殿が立っていた。

「わたくしが止めるいとまもないほどの、恐ろしい剣幕でした。関白様は、どうしてあんなに激昂されたのか」

利休は黙って首を振った。

「宗二の信ずる侘び茶の道が、関白様を非難していると思われたのかもしれません」

淀殿は小さく頷く。今日の淀殿は、いつもより、少し幼く見える。

「このお方は、世間の評判よりは……」

物陰で小さな物音がした。何者かが二人を見張っている。利休は、表情を引き締めた。

しかし、内心では悲しみと憤りが渦を巻いている。自分の身代わりに宗二は秀吉に異議を申し立て、そして殺されたのだ。それはいつの日かの、利休の姿でもあるかも知れなかった。利休の心に漠然とした予感が棲み始めたのはその時からだった。

宗二への仕置きは、俺への警告だったのかも知れぬ。俺もいつかは秀吉に命を奪われるかもしれぬな。

水屋で片付けをしている手元がつい荒くなる。水音高く茶巾をもみ洗いしている自分にふと気付き、利休は苦笑した。

『いかん、いかん。落ち着け。秀吉ごときに気分を乱されてはならぬぞ』

片付けの終わった茶室で座禅を組み、目をつむった。まぶたの裏に、血みどろの宗二の死に顔、黄金の茶室、門弟の誰かれ、生まれ育った堺の海。秀吉の顔。いろんな残像が浮かんでは消える。そのうちに暗闇が訪れ呼吸は整っていった。しかし、まだ心は波立っている。

寝屋に入っても、利休の心は静まらず、目は冴えたままだった。私が信長様の茶頭だったころは、まだ秀吉のことは「ちくぜん」と、内心小馬鹿にしながら呼び捨てにしていたのに。いまではどうだ。関白様、太閤様、天下様と身を低くして呼ばねばならん。

利休の内心での繰り言は止めどなく続く。それにしても、あの黄金の茶室。どういうおつもりなのだろうか。わしがあのように華美なものを嫌うことが分かっていて、わざとあちこちに、造るのだ。

ああ。侘び茶の世界に浸りたい。二畳の草庵、黒塗りの小棗、中節の茶杓、黒の楽茶碗。禅僧の墨跡。侘び茶を解する茶友と、清談をかわしながら茶会ができたなら、どんなにかいいだろう。宗二が秀吉の命令を断った気持ちもよくわかる。秀吉の御機嫌取りと、茶道ごっこに付き合うのはほとほと気疲れしてしまった。夜半を過ぎてやっと眠りが訪れた。利休はそのまま朝まで眠った。

聚楽第の椿が咲き始めたころ、利休は久しぶりに堺へ戻った。聚楽第での茶事の予定はしばらくない。この機に堺で骨休みをすることにした。利休は秀吉との心の戦に疲れ果てていた。家の蒸し風呂で朝風呂を楽しむ。利休はゆっくり手足を伸ばした。朝の日差しが湯気の向こうにチラチラと揺れる。利休はこんなにも疲労困憊している自分を我ながら不憫に思った。

このごろ、茶を点てても一つも面白くない。四六時中、秀吉が配下の大名を連れてやってくる。茶室の中でまつりごとの密談をする。会津の蒲生は一揆に手を焼いているとか、影で糸を引いてるのは伊達だとか。俺は聞かないフリをするが、秀吉はわざと俺の意見を聞きたがる。俺は、一揆の裏にいるのは三成だと思っている。蒲生と政宗を罠にはめようとしているのだ。しかし、下手なことを言いでもしたら、即刻ご不興を被りどんな目に会わされるか知れない。ああ、いやだ。点前だけに集中したい。静かに茶の道に精進したい。

利休は屋敷内にある茶室に向かった。この茶室は、にじり口、藁をすき込んだ壁、掛け軸を掛けられないほど低い天井、小さめな障子窓など、山崎の待庵《たいあん》を模してしつらえている。利休は、自分がこれまで関わってきたどれよりも、この茶室を好んでいる。この茶室の薄暗い一隅で誰の目も気にせず、無心に茶を点てる時間が一番心安らぐ。一服茶を点てて飲もう。そうすれば、聚楽第でのややこしいあれこれを忘れられるのではないか。利休は、とにかく茶室に座りたかった。

茶室の周りを見慣れない少女が掃除をしている。まだほんの十くらいだろうか。漆黒の髪を耳の下で切り揃え、テキパキと箒を動かしている。手足はすんなりと長く、均整のとれた体つきだ。少女は利休の気配に気づくと掃除の手を休め、利休を見つめた。鼻筋の通った顔立ちの、その瞳にはわずかに青みがかっている。南蛮人の血が混じっているのだろうか。白い頬にはほんのりとそばかすが浮いていた。

「誰だ、お前は」

「みつ」

少女の声は凛と涼しく、利休の耳に心地よく響いた。

「初めてみる顔だがいつから、ここに」

「三日前から。セミナリオの司教様がお世話してくださいました」

「そうか」

利休はなおも少女を見つめる。ここ堺は世界に開けた貿易港で、様々な国の船が行き交っている。この少女はどうやら、南蛮船の船員の血をひいているらしい。

「父や母はどうした」

「わかりません。赤子のときにセミナリオの戸口に捨てられていたそうです」

少女の顔に辛さが滲む。今までどんなに悲しい思いをしてきたか、利休には察せられた。

少女は口をつぐんだ。

「お前は、茶の湯を知っているか」

利休は、この少女ともっと話してみたくなっていた。若い頃、みつに顔立ちがよく似た亜麻色の髪の青い目の少女を堺の町のどこかで見かけた気がする。その少女は宣教師が持ち込んだ聖母マリアの周りに舞う天使たちの絵によく似ていた。みつにもその面影がある。

「知っております。濃い緑色の飲み物を皆で回し飲みするのでございましょう。神父様も時々、信徒の方たちと一緒にのんでおられました」

「それは、お濃茶だな。お前は、飲んだことはないのか」

「はい。私はそんな身分ではございませんから」

「では、馳走してやるから、ついておいで。回し飲みせず、一人で飲む薄茶だがな」

利休は茶室のにじり口から、這いのぼる。この時代の日本人にしては大柄な利休は、ずいぶんと身を縮めないとくぐれない。

「飲ましてやるから入っておいで」

驚いて動けなくなっている少女を、利休は重ねて誘った。

「本当に、私が入ってよいのですか」

「わしが、よいと言っているのだ。いいから来なさい」少女は箒を置いて、おそるおそるにじり口から入ってきた。

早春の眩しい日差しの中にいたみつの目は茶室内部の仄暗さに一瞬見えなくなったのか、怯えたようにうずくまってしまった。

「そこへすわれ」

利休は怖がらせないように、優しく声をかけた。みつは手探りで床の前まで進み、体を直して正座をした。

「ほほう、正座ができるのか」

「はい。すこしなら」

利休は黙したまま茶せんを動かした。茶釜にはお煮えがつき、朝のまだ冷たい空気に白い蒸気が筋となって立ち上っている。利休は茶せんを振る手を止めた。

「そこの振り出しに入っているこんぺいとうをお食べ。南蛮伝来の菓子だ。甘くて美味しいぞ」

みつは振り出しを手探りで回し、掌にこんぺいとうを受けた。なにやらイガイガが角のように立っているが、かまわず口の中に入れた。甘い。こんなに美味しいものがこの世にあるのか。口の中に広がるこの味は痺れるほど甘い。

「美味しいか」

みつはこっくりとうなずいた。利休は黒びかりがするほど漆黒の、ぼってりとした茶碗を手に取った。茶釜の湯を注ぎ、手のひらで回しながら、ゆったりと温める。その仕草は、まるで誰かの面影を愛おしむようだ。

「この茶碗はわしが、長次郎という男に命じて焼かせたものだ。あの方が銘をつけられた。『悪女』と。多分、あのお方のことだろう。

ある時割れてしまったのだが、わしはその破片を拾い集め金継ぎをして修復した。この茶碗は少し肉厚の剛《こわ》いなりをしているが、手のひらに取ると、以外に素直に馴染むのだ。

わしはあのお方は悪女とは言えぬのではないかと思っておる。なかなかに心の優しい方なのだ」

みつには、あのお方とは誰のことかはわからない。ただ、ご主人様が心を寄せている高貴な女性のことだろうかと、思いながら黙って聞いている。茶室の音が絶えた。ただ、釜鳴の音だけが低く響いている。利休の目は虚空を眺め、誰かの面影を追っているかのようだ。

「あのう」

利休は、我にかえった。利休の手が再び動き出し、茶せんを振る。薄茶が点った。

「さあ、一服飲んでみなさい」

みつは恐る恐る茶碗を手に取り、緑色の液体を飲んでみた。

「苦い。でも、甘い」

「そうか。苦いが、甘いか」

利休は声を立てて笑った。つられてみつも笑った。二人の笑い声が茶室に満ちた。

その後は長い沈黙が続いた。利休は放心したように炉の釜を見つめている。炭火がよく熾って、釜の湯はしゅんしゅん煮えたぎり、遠くの森を風が吹き抜けていくような釜鳴が、二畳の茶室に静かに響いている。

利休はなおも、放心していた。みつは居心地が悪くなった。この家の主人の命とは言え、与えられた仕事を放り出して茶室に上がり込んで茶をいただいているのだ。朋輩に見つけられたら何を言われるか分からない。

「あのう。ご主人様」

みつはおそるおそる声をかけた。利休ははっと、目を上げた。ここはどこなのだろう。利休は一瞬分からないようだった。そして、自分の居場所を悟り、安堵の溜め息を小さくもらした。

「ああ。おまえだったか。わしの相手をしてくれて、すまぬのう。もう仕事にもどってよいぞ」

みつはにじり口からするりと抜け出し、ぴょこんとおじぎをすると、箒を持って再び掃除を始めた。掃きながら小さく歌を歌っている。セミナリオで聞き覚えた聖歌らしかった。その清らかな歌声を聴きながら、利休は暗い目のまま、長い間茶室に座り続けていた。


思い惑う心のまま、利休は再び聚楽第近くの利休屋敷に戻った。きらびやかな聚楽第の中にあって、利休の屋敷はそこだけはまるで趣の違う空間に思える。

青葉が萌える五月になっても、利休屋敷には薄暗い影がたゆとうている。山深くにある禅寺のように深い沈黙に沈み込んでいるのだ。灰色、薄墨色、黒。くすんだ色調の不審庵は、今の利休の心模様そのままだった。

辺りに誰も居ないのを見計らって、利休は表情をつくろうのをやめる。人前では唇の端を押し下げ、無表情を装っている。無論、家人の前でも。気を許した何気ない言葉が外に漏れ、悪意をまとって拡散していくのが怖いのだ。

ここ聚楽第では、うなずき一つ表情一つ相づち一つがとんでもない命取りになる可能性がある。利休は早々に不審庵の中に逃げ込んだ。点前畳に座り、風呂釜の炭火をぼんやりと眺めていた。いつのまにか長い時間がたったらしい。妻のりくのあわてた声が聞こえて来た。

「関白様です」

ほとんど同時に、にじり口から秀吉の顔が覗いた。不意をついてやったぞとでもいうように、少し得意げな表情である。

「利休、かまわぬか」

利休は慎ましく目を伏せる。

「いよいよ九州の名護屋に、築城を始めたぞ。唐入りのためにな。能舞台も、茶室もしつらえる。誰も見たこともないような豪奢な城を普請する。利休も来るか」

秀吉の目が鋭く利休の表情を探っている。利休は、唇を引き締め黙って頷いた。他に選択の余地はない。最高権力者の命令は絶対である。秀吉の全身から殺気に似たものが立つのが分かる。拒めば命はないだろう。

「そこから朝鮮を経て明国に至る。彼の国には焼き物の名物もたんとあろう。青磁に天目、徽宗《きそう》の南画も手に入れようぞ。それをつかって大明国の都で茶会をしよう」

「楽しみにございますなあ」利休は、しいて楽しげな声を出す。

秀吉は、何回もうなずいた。

「わしの夢はそれだけではない。明国の次には、天竺や南蛮までもわが領土とするのだ。そして、我が子にその国を継がせる」

「よろしゅうございますなあ」

秀吉の目はキラキラと輝いている。遠い昔、安土城で初めて会った頃のように。亡き信長公を憧れの眼差しで見つめていた藤吉郎時代に戻ったように。

秀吉は不意に立ち上がり、にじり口を蹲《つくば》って出た瞬間、くるりとふりむいた。

「来いよ、必ず来いよ」

どこか子供じみた口調で念を押し、慌ただしく歩き出した。

大明征伐か。その先は天竺までとな。なんと途方もないことを。茶室に残った利休は口元をつぼめ少し笑った。久しく立てなかった笑い声が漏れた。そのうちに笑いが笑いを呼び、利休は笑い続けた。笑いはなかなか収まらなかった。

天竺に、南蛮だと。馬鹿げたことを。何を考えているのやら。利休は、しまいには涙を流しながら笑った。狂気さえも感じられる利休の笑い声は仄暗い茶室に不吉に響いた。

笑いが少し収まったとき、不審庵の外で何者かが動く気配がした。利休の背に冷たいものが流れた。

誰かが、聞いていた。

その嫌な予感を振り払うように、利休は茶を点て一人喫した。

数日後、大徳寺の古渓老師が訪ねて来た。

「巷では、悪い噂がながれているそうだ」利休はギクリと生唾を飲み込んだ。

「利休殿が、唐御陣に反対しているそうな、と。それどころか、成功するはずがないといいふらしているそうな、と」

利休は全身が震えた。

やはり、誰かがあのとき様子を窺っていたのか。

用心深い利休のほんのちょっとした気の弛みだった。その噂を大げさなものにして流しているのは大方あの男だろう。

「太閤殿は、たいそうお腹立ちらしい」

利休は言葉を発せなかった。この場も誰かに盗み聞きされているかもしれない。利休はただ黙ってうなずいた。古渓老師も利休の気持ちを察した。

「疑いは、そのうち晴れようぞ。わしの時もそうであった。きっと、天が味方してくれる」

「私は、そのようなことは申しませぬでした」

「ただ」

「ただ、どうされた」

「ただ、いつまでも戦がなくならないこの世のあまりの愚かさに、呵々大笑《かかたいしょう》したまで」

「笑われたか」

「笑いました」

和尚も相好を崩す。

「ただ、笑ったまでのこと」

「たったそれだけのことなのか」

「はい。それだけのこと」

「しかしのう」

古渓和尚は真顔に戻った。

「時節柄、以後はくれぐれもご油断なきようにな」

「承知」

利休は、深々と頷いた。

しかしながら、その夜から利休は眠れなくなった。天井の節穴から誰かが覗き見をしているのではないか。障子の向こうで誰かが立ち聞きをしているのではないか。寝苦しい夜更け、ふと気がつくと暗闇の向こうから、秀吉が幾分茶目っけの混じった目でこちらを見ている。

『さあどうする利休』秀吉は利休の惑乱ぶりを楽しんでいるかのようだった。

利休は思い惑った。どうすれば、自分を取り巻く悪意から逃れられるのか。秀吉の誤解を解けるのか。不意に生まれ育った堺の海が、色鮮やかに脳裏に浮かんだ。

「帰ろう。堺へ。堺の青い海を眺めたら、少しは気が晴れるかもしれぬ。海が穏やかな今時分は、はるばる南蛮船がやってきているかもしれない」


利休は病気療養のためと称して、再び堺の自宅に戻った。堺は今日も賑やかだった。物売りの声、謡いの稽古をする声、大道芸人たちの鉦《かね》や太鼓。行き交う異国人たちの言葉。生まれ育った堺に帰ってくると、利休は表情を繕うのをやめた。呆然と何かに戸惑う老人の顔になった。巨大な権力の前に身を竦《すく》める哀れな男の顔に。肩を落として、賑わう通りをとぼとぼと歩く。信長、秀吉の茶頭として権勢を振るった男の姿はどこにもなかった。

肩をいからせ、仕官の口を探して歩き回る浪人たち。浮かれ女、芸人、乞食坊主。明や朝鮮から渡って来た者、それより遥か遠くからやって来た南蛮人たちが行き交う。店には絹、緞子《どんす》、繻子《しゅす》の豪奢な小袖。外国の果物、ギヤマンの器。唐渡りと称する茶道具屋。どこの国からやってきたのか一目ではわからない男たち、女たち。

そんな雑踏の中を利休は人ごみに流されあてもなく歩いた。歩き回るうちに、今、自分に見えている光景が現実なのか、それとも夢うつつなのか、わからなくなってきた。ここは堺なのか、日本なのか。それとも、天竺か南蛮か。もしかしたら異界に紛れ込んでしまったのか。生まれ育った堺の地なのだが、今の利休は異境を彷徨っているような気がしていた。

「ご主人様」可愛らしい声がすぐ近くで聞こえてきた。みつだった。

「何回呼んでも、気がつかれませんでした。どうされたのですか」

利休の体から急に力が抜けた。

「みつか」

そう言うなり利休は立ちくらみを起こして、その場にしゃがみ込んでしまった。そのまま利休は気を失った。

気がつくと、利休はセミナリオの中に横たわっていた。ステンドグラスを通して、春の日差しがとりどりの色をして降り注いでいる。幼子イエス、みつによく似た天使を従えた慈母マリア。受難のイエス、復活のイエス。堺生まれの利休は、若い頃友に誘われセミナリオに通ったことがある。遠くポルトゲスからやって来たパードレが、イエスの生涯を語ってくれた。そんなことをぼんやりと思い出しながら、利休はまどろんでいた。

みつが、葡萄酒を持って来た。濃い牡丹色のギヤマンのグラスが光りを浴びてきらきらと輝く。

「うつくしいのう」

意識が少しはっきりしてきた。セミナリオの中には利休とみつしかいない。みつは心配そうに利休を見つめている。

「わしは、倒れたのか」

みつがうなずく。

「この教会のすぐ近くだったから、みんなでここへ運んで来た」

みつの言葉には不思議な響きが混じっている。バテレンの神父たちが話す片言の日本語の響きだ。

「パードレが店にも、使いを出した。すぐに誰か来るそうだ」

「すまぬが、一人にしてくれ」みつはこくりとうなずくと、教会の奥へと姿を消した。

一人になった利休は教会の内部を見渡した。漆喰《しっくい》の壁、明かり取りの天窓、重厚な宗教画。静謐《せいひつ》だが、祈りの籠った空間。利休はここにも美を見出していた。草深い田舎の草庵ふうの二畳の茶室にも、全て黄金ずくめの茶室にも、異国風の教会のしつらえにも、それぞれの美がある。

正面には木製の大きな十字架。イエスは磔にされたまま、首を垂れている。天窓からの光りが筋となって降り注ぎ、イエスを生あるものであるかのように、浮かび上がらせていた。これを工夫して茶室に活かせないだろうか。

侘びた薄暗い茶室も趣深いが、すがすがと光りの差し込む茶室で飲む茶も良いではないか。利休の頭に次々と案が浮かぶ。その光りの中、ギヤマンの茶碗で茶を点てる。そうだ、明かり取りの窓に日本の雪景色をステンドグラスにしてはめてみようか。秀吉様はどんなにか喜ばれることだろう。

そこでふと、利休の心に重い影が射した。そうだった。俺は今、故知れぬ敵意に囲まれていたのだった。大徳寺の古渓老師の顔が浮かぶ。老師もまた、秀吉の勘気を被り九州に流されていたのを、周りの取りなしでやっと京に戻ってきたところだった。表立っては動けない身だったのに、利休の窮地をいち早く知らせてくれた。

亡き信長公の葬儀を取り仕切るほどの方でも、秀吉のご機嫌次第で木の葉のように吹き散らされる。悔しいが、私の命運もあやつの目配せ一つで、断たれてしまうかもしれない。

いつしか陽は落ち、ステンドグラスはその色を失なった。セミナリオの内部にひたひたと闇と冷気が忍び込んできた。利休は重い溜め息をつき、立ち上がった。そろそろ店から迎えの者がくる時分だ。帰らねばなるまい。

教会の戸を開けて誰かが入ってきた。

「利休殿」

利休門下の高弟、蒲生氏郷だった。利休の店の者も一緒だった。

「ああ。氏郷殿か」

利休の声が急に寛いだものになった。氏郷は利休の弟子のうちでも筆頭と言われている。

幼い頃、織田家の人質として安土に送られたが、文武両道に秀で信長公から娘の冬姫の婿にと望まれたほどの、俊英だった。氏郷は利休が織田家の茶頭に任ぜられてすぐに、弟子入りした。生真面目な性格で、一度教えたことは決して忘れない。点前の手順、道具の扱いは完璧に覚えている。利休門下の弟子を利休七哲と呼ばれるが、まず筆頭に名前をあげられるのは、氏郷だった。

「大坂に用事があって、そのついでに堺まで足を伸ばしました。店で、ここにいらっしゃると聞いて用心のため、お迎えにあがりました。路上で倒れられたと聞きましたが、大丈夫ですか」

「ああ。ちといろいろあって」

「いろいろですか……」

氏郷の声が複雑な声音になる。彼にも何やら心当たりがあるのかも知れない。

「とにかく、店に帰りましょう。少し冷えてきました」

二人は並んで夜道を帰り始めた。もちろん、無言である。無言ではあるが、お互い心の中では会話し合っている。

—お師匠様、お心を強く持ってください。時間がたつにつれて、状況は好転するでしょう。

—心配をかけてすまない。だが、私はもう七十だ。そろそろこの生臭い世界から引退して、どこかの山奥で庵を開いてひっそりと暮らしたいと思うことがあるのだ。

—何をおっしゃいます。私はまだまだあなた様から学びたいことがたくさんあります。奥伝の台子の手前も、教えていただきたい。

そうでしたなあ。

氏郷の点前は、武将らしく豪快ではあるがどこかにこの世を諦観して眺めているような無常観が漂う。利休の説く侘びの概念とはまた違って、戦場でおびただしい無惨な死をみてきた者の透徹した境地とでもいえるだろうか。

氏郷が利休と秀吉の微妙な関係を心配しているのはよくわかっている。二人の間にある微妙な心理の綾をこの鋭利な弟子は感じ取っているのだ。天下人秀吉と、日本一の茶頭と言われる利休の、互いに認め合いながらも相手を心の中では見下しているその心の裡《うち》を。

「たかが、茶人ではないか」

「たかが成り上がりの田舎侍ではないか」

二人の心理戦は、氏郷も察しているのだろう。あえては何も言わないが、利休を気遣って、駆けつけてきてくれる。氏郷の心遣いは、今の利休にはことさら暖かく感じられる。利休と氏郷は黙したまま歩き続けた。

途中から背後の空気が変わった。何者かがつけてくる気配がする。それは以前、聚楽第近くの不審庵で、不意に訪れた秀吉に稽古をつけ、送り出した後に不審庵の周囲に満ちていたものに似ていた。その気配は二人が店に入るまで続いた。

店に入ると、心配した店の者が取り囲んだ。

「大事ない、大事ない。さて氏郷様、茶でも一服いかがかな」

利休がわざと明るい声を出す。店のものたちは安心したのか散って行った。

「我々の後ろにいたのは」

「多分、あの男の」

二人の脳裏に石田三成ののっぺりとした顔が浮かぶ。薄い一重まぶたの下の鋭い眼は、いつも何かを探るようにこちらを見ている。しかし、彼の視線とこちらの視線が合うことは決してない。

二畳対面の最も侘びた茶室に二人は膝を突き合わせて座った。傍目から見ると、年の離れた親子のようにも見える。二人とも背が高く、肩幅が広い。後ろ姿から感じられる、どことなくこの世を諦観した雰囲気は共通のものがある。

「時々、眠れなくなるのです。先のことが案じられて」

「心配には及びません。利休殿には徳川様始め、細川、毛利、伊達などあまたの有力な弟子がいるではありませんか。きっと役に立ってくれます」

「ううむ、しかし」

「わたしの領国は会津なのでちと遠いのですが、いざとなったら必ず駆けつけます」

利休はまた、無言になる。事態はそこまで切迫しているのだろうか。秀吉が自分を捕らえ処罰するとの噂が広がっているのだろうか。当人の自分にはそこまでの危機感はないのに。

「ご親族は、私がいのちに代えても守りますゆえ」

氏郷の眼が光る。この男は実直な男だ。きっと、約束を守ってくれる。しかしながら、事態はそんなに切迫しているのか。利休にはその実感はない。

「実は、私にも思い悩むことがあるのです」

氏郷が、吐息をはくように話し始めた。

「はて、なんでしょう」

氏郷は、言いあぐねている。口に出そうか、出すまいか。この屋敷内ならば、聞くものもいないだろうが、しかしやめておこう。氏郷はそれきり口をつぐんだ。

利休が二人ぶんの濃茶を練る。唐渡りの青磁茶碗に、抹茶の緑が映える。

「美しい」

「誠に」

どろりとした濃茶を二人で回し飲む。苦みの中にほのかに甘みが立ち上ってくる。茶を回し飲むことで、亭主と客の一体感が増してくる。

「一期一会」という禅語が二人の心をかすめた。この二人で茶を飲むという機会は二度と再びはないかもしれない。二人は茶釜の釜鳴りの音を放心したように聞き続けていた。

明け方の海鳴りの音を利休は夢うつつに聞いた。戦場の兵士たちの雄叫びのようでもあり闇をつんざく雷のようでもあり。いつしか群衆のどよめきのように聞こえてきた。セミナリオの礼拝堂の正面にかかげられた十字架に、白衣の自分が架けられている。手首、足首を釘で打たれ、鮮血が滴り落ちている。周りにはいつのまにか、妻のりきと子供たち、親類縁者、店の者たち。数十人はいるだろうか、みな十字架に打ち付けられ苦しみの声をあげている。

群衆たちは口々に
「天下様をないがしろにした罪で、はり付けにされたそうだ。おそろしや、おそろしや」

「唐入りなど見果てぬ夢じゃと触れ回ったそうな」

と、どよめいている。役人たちが一斉に槍を持ち身構えた。その後ろにはあの男が、無表情に立っている。

あの男の右腕が上がった。

「突け」

そこで、利休は目が覚めた。

「いかん。いかん。このままでは大変なことになる。天下様にお目にかかろう。捨て身でお詫びをし、お許しを乞おう」

利休は怯えた兎のように、堺の店を飛び出した。

秀吉は聚楽第で、遅くに生まれた鶴松を抱いていた。長く子ができなかった秀吉にとって、諦めかけていた頃になってやっと出来た血を分けた我が子なのだ。可愛くてたまらないらしい。

もっとも、まちでは様々な噂が流れている。曰く、

「ほんとうは、誰の子種じゃろうか」

「あまたの側室にも出来なかった子が、なぜ淀の方だけに」

「おととさまに、似てはおられぬとか」

「天下様は、何もかもご承知のうえらしい」

まちの辻辻で密かに噂は広まり、波紋のように拡がっていく。

「天下様も、おひとのいいこと」

「では、誰が」

「さてさて、それは」

どこで誰が聞いていたのか、口さがないおしゃべりをした者は皆、鋭い太刀で惨殺された。

「利休、帰ってきたか」

久しぶりに聚楽第に出仕した利休は、控えの間にいた。その障子を大きな音をたてて開け、秀吉がどかどかと踏み込んできた。あの男、三成も後ろにいた。

「どうであったかのう。堺は」

「何も変わってはおりませぬ。ますます賑わっておりました」

「倒れられたと聞いたが」

後ろに控える三成の目がそれとなくこちらを窺う。やはり、見張られていたのか。

「はい。もう齢七十にもなりますと」

「そうか、十分に養生せよ」

しばらく、秀吉は利休の顔を眺める。その目にはどこか残忍な色が浮かんでいる。

「七十か。そろそろ利休殿も引退の潮時かもしれぬのう。のう、三成」

三成は何も言わない。しかし、閉じた唇の端が『してやったり』と、言わんばかりだ。

利休の心が激しく揺れ動く。まだまだ、仕事ができますと、秀吉の慈悲にすがるべきか、それともここは潔く引くべきか。このところの秀吉とのいきさつを考えると、このあたりで引く方が、穏やかに事が収まるかもしれない。

「そうかもしれませんな」

利休の口から、溜め息と同時に言葉が漏れた。

そうだ、この辺で引こう。このまま秀吉の感情が悪化すると、我が一族がどんな目にあわされるか分からない。

「そうか、引くか」

秀吉は、思案顔で障子の外の庭を眺める。ようやく着き始めた苔の上に朝の露がきらきらと光っている。利休も庭を眺める。この庭は利休が差配して造り上げた庭だ。利休は数多くの茶庭を造園したが、この聚楽第の庭が一番気に入っている。利休は今の窮地も忘れ、放心したように庭を眺めていた。

「次の茶頭は、誰がよいかのう」

「小堀、織部、我が息子の小庵。幾人もおりまする。織田有楽斎どのも、適任かと」

秀吉の答えはない。突然、秀吉がわめき出した。

「わしの指図も聞かず、何を勝手にやめるだの言い出すのだ。この馬鹿者が」

秀吉が言い出したことではないか。利休は愕然とする。このごろの秀吉は昔の怜悧だった彼とは別人のように、感情の起伏が激しい。

「勝手なことを言い出しおって。しばらく屋敷に控えておれ。いいか、わしがいいというまで出てくるな」

足音荒く、秀吉は出て行った。残された利休はじっとそのまま動かない。表情も変えない。瞑目し、ゆっくりと呼吸を繰り返していた。そのうち、何故か笑いがこみ上げてきた。

ばかばかしい、なんであの男の機嫌を取らねばならぬのだ。あの狂人の。下らぬ。下らぬ。わしはもう嫌だ。これ以上つきあってはいられない。思えば多くの時間をあの男と過ごしてきたが、あの男の茶はほんのうわべだけ。成り上がりの土百姓の本性のままだ。ああ、ばかばかしい。つきあってきた私も馬鹿だ。なんと、虚しい時を過ごしてきたことか。

利休は晴れやかに笑った。笑い過ぎて涙が出てきた。廊下の向こうで。襖の陰で、こちらを見張る者の気配を感じてはいたが、利休は笑いを止めようとはしなかった。

ひとたび、馬鹿馬鹿しいと思い始めたら身の回り全てのことが虚しいと思ってしまう。日々の典礼、作法、朋輩との付き合い、茶の湯の道具立て、秀吉の機嫌をうかがうこと、三成の目を恐れること。

己れの目指すところの茶の湯に向けての創意工夫も、気が入らない。道具、季節感、花、庭、茶料理の献立。そんなものは、どうでもよいではないか。たかが、茶碗一杯の茶を飲むだけのこと。しつらえや、道具組などどうでもよい。その辺の器に抹茶を点てて飲めばよいだけだ。唐物だの、朝鮮青磁だの茶碗の由来にこだわってみても、目をつむって飲んだら味の変わりなど、ない。

気の張る付き合いも、どうでもよくなってきた。どこそこのお茶人が名物のお道具を手に入れたとか、あそこのお茶事ではどんな料理がでたとか。家康殿がどこの茶会にまねかれたとか。そんな事も、もう考えたくはない。自分は何のために茶道に邁進してきたのか。旧来の貴人たちが行ってきた雅な書院の茶に、利休は草庵の茶を美とするという、茶道の革命を起こした。茶の湯を武士や富裕な商人たちのものから、庶民も楽しめるものにした。道具も渡来品に拘らず、そこいらの市で売っているもので十分と、説いた。

今の利休の考えはもっと進んで、唐渡りでも、市中のものでもどちらでもよく、そのとき手に触れたもので、良いのではないかと思い始めている。

このまま、どこかの山奥に庵を結んで遁世し、一人きりで茶の湯を楽しみたい。春には花を、夏には青葉を、秋には紅葉を、冬には枯れ木を相手に、茶を点てる。その庵は方丈で良い。炉があり、何冊かの謡本があり、わずかな茶道具があれば、それで良い。かの西行法師や、鴨長明が出家遁世した跡を私も追ってみたいものだ。

ただ、気がかりは家族のことである。りくをはじめ、連れ子の小庵、実子の道安と娘たち。嫁いだ彼女らに累が及ばないかと、そこだけは利休は心配している。ひとたび主人が罪に落とされたら、一家は皆殺しになってしまう例を数多く利休は見聞きしてきた。

自分はもう齢七十になり、十分に生きたと思う。しかし、家族のものを道連れにするのは忍びない。いっそのこと、秀吉からの何らかの沙汰がある前に、自刃してしまおうか。そうすれば、家族に手が及ぶこともないかも知れない。利休はそう肚《はら》を決めた。決めると、妙に清々しい気分になった。豪商や武人たちが前からほしがっていた茶道具を、売り払うことにした。その代金は密かに堺の店に隠し置いた。嫁いだ娘、実の息子、妻りくの連れ子にもそれとなく別れを告げた。

もうじき庭の椿が散りそうな、寒さが少し和らいだ日の朝、秀吉から書状が届いた。内容は、詫びを入れろと。諸侯が揃った場で、自分に低頭しろと。そうであれば、許そうとのことだった。皆が危惧していた切腹の沙汰ではなかった。利休は書状を読み終えると、誰はばかることなく大笑いをした。これがこの世での笑い納めじゃ。ああ、なんと心が晴れることか。

　りくが驚いて様子を見に来た。

「どうされました、旦那様」

「やっと、胸のつかえが下りたのじゃ。言ってやろう。秀吉は大うつけだと。今に豊臣の世は滅びるじゃろうと。言いたいことを言うとは、なんと心が冴え冴えとすることか。宗二の心持ちがよくわかった」

　利休は決然とその書状を破り捨て、使者を追い返した。

　さらに淀殿から文が来た。その文にはただひとこと「喫茶去」と記されていた。利休はしばし瞑目し己の心に問うてみた。これはきっと、淀殿がとりなしてくださるとの意味だろう。まずは、一服いただいて、話はそれからと。しかし、利休の決意は変わらなかった。数日後、切腹を申付けるとの書状が聚楽第より届いた。

　その朝、利休はしばし庭の椿を眺めた。すでに心は定まっている。りくの心尽くしの朝餉をゆっくりと楽しんだ。

「旨いのう」

「美味しゅうございますか」

「ああ。こんな折でも旨いものは旨いぞ」

「まあ」

りくが、吹き出した。利休もつられて笑った。二人は笑いながら、泣いた。最後は二人とも、号泣となった。

利休は庭の紅椿よりもっと赤い血を真っ白な死装束に染めて、この世を去った。


遠くに海鳴りの音が低く響いている。その音に混じって、聞き慣れた声が秀吉の耳に聞こえた。

「秀吉様、茶せんを振る手は、もそっと細やかに動かされませ」

「こうか」

秀吉は素直に従う。聚楽第近くの葭屋町にある利休屋敷に、秀吉は今日も訪れている。

「そうそう、それでようございます。キメの細かい薄茶が点ち上がりました。どうぞ御自服を」

秀吉は小ぶりの黒楽茶碗を手のひらに乗せた。

「ああ、なんと幸福か。わしは利休と、この一服さえあれば何もいらぬ。天下も美女も黄金も」

四畳半の茶室は、草深い田舎家のように、わざと侘びた風情につくっている。壁は藁をすきこんだ土壁、障子から漏れる光は眩しく清潔で、早い夏の到来を感じさせる。

秀吉は満ち足りた気分で茶をすすろうとしたところで、目が覚めた。あたりは闇である。手にしていたはずの茶碗は消え失せていた。

「夢か」

秀吉の意識は、ゆっくりと闇の底から浮かび上がった。

「また夢を見てしまった。あやつの夢を」

秀吉の脳裏に、重たげなまぶたの下の切れ長の目が浮かぶ。心の内をみすかされまいとしているのだろうか、その目はいつも半ば閉じられ、決して秀吉と視線が合うことはない。

「利休」

秀吉はつい、声に出してその名を呼んだ。隣で眠っているゆりが、わずかに身を動かした。秀吉は孫娘と言って良いほどの年齢のゆりを気遣い、再び目を閉じた。利休の自刃以来、ふり払ってもふり払っても、その面影が秀吉の脳裏に浮かんでくる。大事な軍議の途中でも、祐筆を控えさせての執務中でも、閨《ねや》で美女と戯れている時でさえも、ふとその幻が見えるのだ。

『お前にはすまないことをしてしまった……』

そのまま秀吉は眠れない。暗闇に利休の面影が浮かび、利休と共に過ごした日々がよみがえる。

『利休、許してくれ。お前を見殺しにしてしまったわしを許してくれ』

秀吉は頭から布団をかぶり、身を縮めた。

「殿、どうなさいました」ゆりが、そっと声をかける。

「なんでもない。気にするな。ちと思い出したことがあってな」

秀吉はゆりの体を抱き寄せる。柔らかい。まだ十四。とはいえ、お寧が嫁いできたのもこの年だった。下膨れのぷっくりとした頬、紅いおちょぼ口、ややたれ目気味の大きな瞳は、若い頃のお寧によく似ている。そこが気に入り、ここ肥前名護屋まで連れてきた。

　ゆりは城州山崎の出で、兄は金春流の能役者の暮松新九郎。利休の紹介で暮松は聚楽第に出入りするようになり、兄の世話についてきていた妹のゆりを、秀吉が見初めた。秀吉とゆりは、四十以上も歳が離れている。秀吉は孫娘を可愛がるように、ゆりを愛おしんでいた。

「殿、もうおやすみなされませ。明日は兄の新九郎がこの名護屋に新年の挨拶にやってまいります。兄の仕舞いなどご覧になれば、ご気分も晴れましょう」

「そうじゃな。もう一眠りしよう」

　先に寝付いたゆりの規則正しい寝息を聞いているうちに、いつのまにか秀吉も眠っていた。目がさめると日はすでに高くのぼり、巳の刻近くなっていた。秀吉は障子を開け放った。海の香りのする風が、頬を打つ。

「あの海の向こうには、朝鮮。そしてさらに大明国がある。わしはどうしても、明の国を討ちたい。あの地のそこかしこに、千なりびょうたんの旗印を打ち立てるのだ。それから天竺、波羅奈国の都にまで進軍する。そして、黄金の茶室を設えてそこで茶をのむのじゃ。利休の点てた極上の茶を」

　そこまで言って、秀吉は言葉を失う。

「そうじゃ、利休はもうおらぬのだった」

　海岸沿いの松林をぬって吹く風の音は、どこか茶釜が煮えたぎる釜鳴りに、似ている。秀吉は耳をふさぐ。

「頼む。三成らを止められなかったわしを、許してくれ」

狩野派の手による雄渾な松が描かれた襖が開き、ゆりが顔を出す。

「殿下、兄が参りました」

「すぐに通せ。やつの謡いが聴きたくなった」

新九郎が現れた。黒々とした髪、くっきりとした目鼻立ち、体躯も堂々としている。喉仏も太く、普段の会話も低く響く声で話す。

「新年あけましておめでとうございます。殿下におかれましては……」

「もう良い、新九郎。それよりも謡いを聞かせろ。何かパッと心が晴れるようなのを」

「急に仰せられましても、なにがよいか」

新九郎は、言い淀む。この男は、立派な体躯の割にはいつもどこか自信無げだ。妹のゆりが見かねて、小声で囁く。

「『翁』を謡ったらたらどう、兄様。新年だし」

新九郎は頷き、扇子を膝に置いて謡い始めた。

〽どうどうたらりたらりら
　　たらりあがりららりどう

ゆりが小鼓を叩く。まだあどけない顔だが、身体中に気迫がこもっているのがよくわかる。

秀吉は目をつむって聞いた。この曲は能にあって能にあらず。四海万民の安寧を寿ぐ神事に起源を持つという。新九郎とゆりの呼吸がよく合い、座はめでたい空気に包まれ、秀吉は上きげんになった。

「四海万民か。縁起の良い曲ではないか。日本国のみならず、朝鮮・唐・天竺までも我が物にしてみたい。お釈迦様がお生まれになった天竺とは、どのようなところであろうか」

実は、朝鮮との戦さは上手くいっていない。このところ膠着状態で、両軍には厭戦気分が蔓延している。天竺どころか、はるか手前の朝鮮で足止めを食っているのである。

秀吉は、ふと思いついた。

「わしも、『翁』を舞ってみようかのう。以前、謡いの稽古をしたことはあるのだ。そうじゃ。仕舞いの稽古を始めよう。新九郎。お主教えてくれ」

新九郎の顔が青ざめる。利休とのいきさつは、皆が知っている。この最高権力者の機嫌を損ねると、どんな目にあわされるかしれない。

「いや、それは……」

「なに、わしには教えられぬと申すか」

「そのようなわけではありませんが」

「わしが仕舞いの稽古をするには、いささか歳をとりすぎているというのであろう」

「いえ、決して」

この時代、戦国武将は当然の嗜みとして能の素養があった。関東の雄徳川家康は、幼少の頃人質となっていた駿府の今川屋敷で観世太夫より手ほどきを受けて以来、能に傾倒し、合戦の合間には熱心に稽古を続けていた。他にも能を愛好する武将は細川忠興、蒲生氏郷、宇喜多秀家など枚挙にいとまがない。

その中で、秀吉も謡いの稽古をしていたが、忙しさもあっていつしか興味が薄れていた。しかし突然、思いついた。腹の底から声を出して謡い舞えば、今の塞いだ気分が晴れるかもしれない。

秀吉は大声で命じた。

「わしに稽古をつけよ。さもなくば……」

新九郎は声もなく平伏した。堂々とした体躯は、平蜘蛛のように薄くひしゃげた。

稽古が始まった。齢五十半ばの秀吉だが、さすがに天下人になるだけあって、勘がよく物覚えが早い。声も野太くハリがある。ゆりの小鼓で舞う秀吉は、ことさら機嫌が良い。

「殿下のように上達が早い方は滅多にありませぬ。さすが天下様でございます」

新九郎の見えすいた世辞にも鷹揚に答える。

「無理をせんでいいぞ、新九郎。わしももう歳じゃ。先は短い。朝鮮での戦さのことを思うと眠れぬ夜もある。だが稽古をしていると、その時だけは全てを忘れられる。何より気分が晴れる。家康や忠興が、戦さの合間も稽古を続けてきたのもわかるわ」

秀吉はこのところ、夜中にうなされることはなくなった。腹から大きな声を出すと、ほどよく疲れ、夜もよく眠れる。

「近いうちに家臣たちに『翁』を見せたいと思うが、どうであろうか」

「結構なことでございます」

否と言えるわけがない新九郎は、平伏するのみである。

城造りに来ていた大工たちに命じて、移動できる組み立て式の能舞台を造らせた。鏡板の松の大樹は、この時期名護屋に滞在していた狩野永徳に描かせた。にわか作りとはいえ、楽屋、鏡の間、橋掛かりの揃ったまずまずの能舞台ができ上がっている。

「よしよし。これを持って海を渡り、朝鮮の地で苦労している兵士たちを、慰謝してやろうぞ」

秀吉は大真面目である。まもなく会がもたれることになった。

あたりに闇が迫って来た。潮騒の轟く音が聞こえる。能舞台には篝火《かがりび》が焚かれ、夜といえどもかなり明るい。正式の演能ではないので、秀吉は裃と袴だけの簡略な服装、囃子方は小鼓のゆりのみ。後見の座に新九郎が着く。

名護屋城に詰めている残留部隊の武将や、奥の女房たち、能舞台造りに関わった大工たちが集められ、にわか作りの見所に座る。

「あのお歳で稽古をなあ。新九郎殿も難儀なことじゃ」

「朝鮮では兵士たちが餓えているというのに」

「茶の道の二の舞にならねば良いが」

声ならぬ声が聞こえるようであった。

秀吉が舞台中央に着座する。見所は静まり返り、松風がいつもにまして響く。秀吉は一呼吸置いて舞い始めた。王者にふさわしく堂々とした舞いである。はるか昔より謡い継がれてきたこの謡曲「翁」は、どこかでこれを聞いたことがある、なぜか懐かしい。そんな気持ちにさせられる曲であった。

〽千秋萬歳の喜びの舞なれば
　一舞舞はう　萬歳楽萬歳楽萬歳楽

秀吉は舞い終わった。見所では、身動きする者もおらず、一語も発せられない。一座は秀吉の舞いに魅入られていた。秀吉は立ち上がり、切り戸口から退出した。新九郎とゆりも続いた。その動きに、やっと見所の一同は我に返った。

「なんと、佳きものを見せていただいた」

「太閤様の舞には、神が宿っているかのようであった」

「さすが、天下人であらせられる。常人ではない」

もちろん、この声は聴衆に潜んでいる者たちによって秀吉に伝えられた。

直会《なおらい》の席で、秀吉は得意満面に盃をあおった。

「どうであった」

「はい、どこか神がかったように見えこえました」

「私は心を奪われ自分がどこにいるのか、わからなくなりました」

「ぜひとも、朝鮮、いや明でも舞ってくださいませ。かの地の民たちも、ひれ伏すでありましょう」

あながち、このお追従も嘘ではなかった。その夜の秀吉には、確かに神さびたものが降りていた。秀吉はゆりを抱いた。それは随分と、久しぶりのことであった。

秀吉の能狂いが始まった。二月下旬には都より、金春太夫と観世太夫が呼び寄せられた。秀吉は三成に命じて、室町将軍伝来の能装束や面を取り寄せさせた。能管・小鼓・大鼓・太鼓などの囃子方も大勢名護屋に下向した。

さいさいふみ給えども
のふにひまなく候
のふ十はんおほえ申候
まつかせ　おい松　みわ
はせお　くれは　ていか
とをる　かきつはた　たむら
えぐち
右ののふをよくよくからし候て、
かさねならい申候
三月五日

得意満面の秀吉は、大坂の北政所にあてて手紙を書いた。驚異的な習得の速度であろう。

たかだか五十日で十番もの謡も仕舞いも覚えたぞ、と。

いつのまにか名護屋には金春・観世・金剛・宝生の四座が揃い、連日各流派交代で能が舞われた。秀吉は大いに楽しんだ。演能がないときは自身の稽古に熱中した。

夜更け、ゆりが閨に侍っていても秀吉は謡本を離さない。今夜は「俊成忠度《しゅんぜいただのり》」を低く謡っている。

〽さざ波や　志賀の都は　荒れにしを
　昔ながらの　山桜かな

いつまでも声をかけてもらえないゆりは、少し拗《す》ねている。が、そんなことはおくびにも出せず、じっと部屋の隅で座っていた。

やっと秀吉の声がやんだ。

「なんじゃ、ゆり。そこにおったのか」

「はい。随分と御上達の様子。ゆりは聞き惚れておりました」

秀吉は満更でもない。

「文月には、能を一番舞おうと思っている」

ゆりは一瞬、言葉を失う。仕舞い三年、謡い八年。面をつけて能を舞うまでには、さらに長い修練が必要だと言われている。直面《ひためん》で仕舞いを披露するのとは、訳が違う。

「お前の兄の新九郎のおかげで、随分と稽古が進んだ。この前、観世太夫の前で舞って見せたら『すこぶる結構にございます。これなら人前で能を舞われても、よろしいでしょう』と言ってくれた。

わしは、『俊成忠度』を舞おうと思っておる」

「殿下は修羅能を、お嫌いかと思っていましたが」

「確かに修羅能は好まん。わしはいくさ続きの生涯を送ってきた。人が死んだり、恨みを抱いた亡霊が出てくる能は、どうも身につまされるのじゃ。嫌な思い出もよみがえるしのう」

そこまで言うと、秀吉は身を震わせ、眉をひそめた。

「じゃが、志なかばに一ノ谷の戦いで討たれた平忠度《たいらのただのり》卿が、哀れに思えるのじゃ。死を覚悟して詠んだ和歌が、せっかく勅撰の千載和歌集に載ったと言うのに、読み人知らずと言われては、あの世から選者の藤原俊成に文句を言いに来たくもなるわ」

「まあ、殿下ったら。では殿下はシテの忠度ですのね。ツレの俊成はだれが」

「そなたの兄に頼もうと思う。ここまでわしの稽古に付き合ってくれた礼に、褒美もたんと取らす」

「それは、兄も喜びましょう」

「そうじゃ、今から仕舞いの稽古をしよう。そなた鼓を打ってくれるか」

否と言えるはずのない立場の、ゆりである。

秀吉は、口には出さなかったが忠度に利休を重ねている。もう少しでわび茶を大成できたはずが、無念にも命を絶たれた利休を思っている。少しでも利休の供養をしたいのだ。それも人知れず、密かに。稽古は真夜中を過ぎ、やっと終わった。謡いの声と小鼓は城中に響いたはずであるが、誰も静かにしろなどと文句を言いに来ない。言えるはずもない。

翌朝は、皆寝不足である。あくびをしながらの勤めが始まった。心中に思うことはあるが、誰も口に出さない。

秀吉は日が高くなってから、やっと起き出した。頭は重く、目はしょぼつく。それでも威儀を正して謁見の間に座している。玄界灘を越えて、朝鮮半島からの伝令がやって来たのだ。伝令の武者はひどく痩せていた。

「我が軍の士気は盛んではありますが、食糧がありません。武器も不足しています。敵勢には明の兵士が加わり、その人数は我が軍の三倍近くになっています。長雨もあって戦線は膠着状態です。どうか食糧の補給と援軍をお願いしたいと、主君の加藤清正からの言伝であります」

「そうか」

いかつい清正の顔が浮かぶ。あの男が弱音を吐くとは、随分と困っているのだろう。

「三成と相談して善処する。それまで持ちこたえてくれ」

伝令の顔がわずかに歪む。期待していた答えではなかったのだろう。黙ってその場を去った。

「彼の地で、舞いたかったのう」

秀吉は未練げに呟いた。いつのまにか、広間の隅には三成が控えていた。

「朝鮮への援軍のことでしょうか」

「ああ、どうにかならんか」

「徳川に再三の出兵を命じておるのですが、のらりくらりと返事をするばかりで、一向に動こうとはしません」

「徳川がのう」

秀吉はため息をつきながら頬杖をつく。

「あの狸め」

「手は尽くしているのですが」

いつもは明晰な三成の歯切れが珍しく悪い。秀吉は話題を変えた。

「時に三成。明後日蝋燭《ろうそく》能をするのじゃが、お主も見に来ぬか」

三成はわずかにかぶりを振る。

「私は不調法にて、能などよくわかりません」

「わしが舞うのだぞ」

「私には勤めがありますゆえ、申し訳ありません」

三成は早々に立ち去った。

三成は戦国武将にしては珍しく、茶の湯も能も、ほんの付き合い程度にしか嗜まない。実務一辺倒の男である。利休存命の頃も、滅多に茶事には顔を出さなかった。いや、口には出さなかったが利休をあからさまに嫌っていた。

朝鮮の地べたに落ちていた犬の水飲み茶碗を、いかにも趣深いものと口から出まかせに、法外な値段をつけて売りおって。わびさびなどと高尚なことをいうが、あの男はどうにも胡散臭かった。その上、我が物顔にまつりごとに口を挟み、わび茶と称して殿下を茶室の入り口に這いつくばらせおった。

実直な三成には、利休の振る舞いがどうにも我慢がならなかった。

「三成が、もそっと情趣を解する男であったら、人望も集まるであろうに。惜しいよのう」

秀吉は、嘆息する。利休の弟子であった諸大名は、利休を死に追いやった三成にあからさまに敵意を持って接している。それもあってか、豊臣政権には軋みが生じ始めていた。

名護屋城から眺める玄界灘の空は、いつになく晴れ渡っていた。しかし、外海だけに波荒く、海は鉛色にどよめいている。

「あの海の向こうに朝鮮が、明が。その先には天竺もある。わしはどこまでも我が軍を進めてみたい。天竺の果てには宣教師たちが生まれた南蛮がある。一体どのようなところなのか」

名護屋城近くの博多の港には、各国の船が行き交う。呂宋、シャム、安南、天竺の人たち。さらには遥か遠くの南蛮の人々。交易船が運んでくる生糸、絹、緞子、びろうど、毛皮、紫檀、香料などの異国の品々。象や孔雀も船に乗ってやって来ている。秀吉は世界地図を眺めながら、異国の人々や風物に思いをはせた。

「まずは明まで攻め上って、彼の地で利休めに点てさせた茶を飲みたいものじゃ」

そしてまた、ふと気がつく。

「ああ、もう利休はいないのだ」

文月、秀吉は追善の蠟燭能を催した。表向きは非業の死を遂げた主君信長のため。これまで戦で命を落とした武将や、数多くの名もない兵士のため。そして本心では、何よりもまだ我が心に忸怩《じくじ》たるものを残している、利休の供養のため。

昼間はうるさいほどの蝉しぐれがようやく収まり、能舞台には太い蝋燭が何十本も灯された。あたりには薄墨色の夕闇が迫って来た。秀吉は平家の公達を表す「中将」の面をつけ、橋掛りをそろりそろりとすり足であゆみ始めた。一足進むごとにこの世ならぬ異界に近づく。面の目の穴の部分からだけ、わずかに周囲が見える。蝋燭で燦々と照らされた能舞台。囃子方、後見の観世太夫。見所に座る者たち。

見所はお暗く、誰がいるのか定かにはわからない。この逢魔《おうま》が時には、この世ならぬものが現れるともいう。あるいは、未だ成仏できずに漂う、亡者たちかもしれぬ。

この世は所詮、盛者必衰《じょうしゃひっすい》。わしもいつ何時命を失い、数多の命を奪った報いで地獄に落ちるやもしれぬ。しかし亡者どもが、せめて刹那でもわしの能で心を慰めてくれたら、それで良い。

見所の暗がりのどこかに、重たげなまぶたの下の、切れ長の目が見えたような気がした。その横には宗二が。そして無念のうちに炎に消えた信長公の顔が見え隠れする。背後には闇に浮かぶ無数の髑髏が、光の失せた眼で秀吉を見ている。

「許してくれ、皆の者。どうかわしを許してくれ」

秀吉は、何者にかに祈るようにしばし息を止めたのち、静かに舞い始めた。

終章　恒河《ガンガー》へ

この頃の秀吉は気分が安定しない。ささいなことに激昂したかと思うと、次には首をたれ、目に見えない何かに許しを乞うている。老いと、それにともなう老人ぼけが始まったのだ。それは秀吉の年齢では早すぎるとはいえない。

朝鮮での戦は、いったんは収まった。日本中が安堵のため息をもらしている。もう戦は嫌だ。平穏に暮らしたい。

ただ一人、秀吉のみが野望を捨ててはいなかった。

「天竺に行くのだ。恒河に浸かるのだ」

そのことばかりをくり返している

「我が軍はもう大明国に攻め入ったか」

家臣たちは顔を見合わせる。

「殿下のお指図により、日本の軍勢は朝鮮より引きあげております」

「ああ、そうであったのう。わすれておった」

「茶がのみたい。利休を呼べ」

る。
「わかっておる」
いくどこのやり取りがくり返されたことだろう。付きそう者たちは、へとへとになってい
「殿下、利休様は……」

そんな様子の秀吉だったが、わが子鶴松と遊ぶ時だけは元気を取り戻す。ひざに抱き、おんぶをし、肩車をする。淀は、はらはらしながら二人を見守る。足腰の弱った秀吉が日に日に目方のふえていく鶴松にけがをさせるのではないか、と心配なのだ。

しかし、会わせないわけにはいかない。そうしないと秀吉の老いがますます進んでいきそうだ。しかたなく、淀は秀吉の元に鶴松をつれていく。秀吉はうれしそうに鶴松と手をつなぎ庭に出て行った。

とつぜん侍女たちの悲鳴が聞こえた。淀は大急ぎでかけつける。二人が地面に倒れている。鶴松を肩車したまま秀吉が転んだのだ。ひどく体を打ったらしい。秀吉はゆっくりと起き上がれたが、鶴松は地面に横たわったまま体をこきざみにふるわせていた。

「早く医師を、早く呼ぶのじゃ、早う、早う」

淀は絶叫していた。

秀吉はただオロオロと歩きまわっている。

「わしが悪かった。わしのせいじゃ」

その顔は見たこともないほどに、おびえている。誰かに叱られるのではないか、どなりつ

けられるのではないかと。天下人を叱るものなど、誰もいないのに。そして私の手を強く握りささやいた。

「この子は我らの子じゃ。いいな、淀。我らの子じゃぞ」

ああ、秀吉は知っていたのか。知っていて、大切に育ててくれていたのか。私は申しわけなさでいっぱいになった。

「背骨が折れているのかも知れませぬなあ。安静にするしか手立てはありませぬ。あとは神仏のご加護を祈るのみ」と、医師は告げた。

日本中の神官僧侶が集められ、盛大な祈祷が昼夜を問わず行われたが、はかばかしくない。鶴松の呼吸は日に日に弱り、ついに止まった。数え年わずか三つで、豊臣家の嫡男鶴松はこの世を去ってしまった。私は狂ったように嗚咽した、泣いても泣いても涙が止まることはなかった。しかしある日私の涙は乾いた。私はまだ若い。次の子供が持てるではないか。

秀吉も狂った。我が子の命をうばったのは自分だったのだ。秀吉は誰もよせ付けず、ひたすらに鶴松の成仏を神仏に祈り続けていた。

意外なことに、秀吉の立ち直りは早かった。再び軍備を整え、兵を朝鮮に送り込んだ。今度こそ、今度こそ朝鮮、明を打ち破り、かのあこがれの国天竺へ、恒河へ。鶴松の成仏を祈りにいくのだ。往時の精力を取りもどした秀吉は、みずから朝鮮へと渡るとまで言い出した。

「あやつは、もう助からぬじゃろう」

久々に九州からもどり淀城にやって来た秀吉がもらす。秀吉自身は、見違えるように精悍さを取り戻していた。

「そうですか」

淀は言葉すくなに答えた。

「良き武将であったがのう。まだ若いのにおしい男じゃ」

淀は何も答えない。満開を過ぎた庭の桜が風に散っていく。あの恋の一夜の思い出も、今ではとおく、ぼんやりとしか思い出せない。

死の床で最後の力をふりしぼって詠んだ辞世の和歌が、伝わってきた。

〽かぎりあれば　吹かねど花は　散るものを
　心短かの　春の山嵐

淀は、数人の侍女をつれて琵琶湖畔に立った。わたしはこの湖国で生まれた。父が語る隼別皇子と女鳥媛の古い恋の物語に、心奪われた。二度の落城の際、助けてくださったのはあのお方だった。湖畔の城に秀吉の側室にと使いに来られた。私は誘惑した。それが運命への精一杯の抵抗だったから。

私が好きでもない秀吉の側室として、生きてこられたのはあのお方のおもかげが、いつも胸にあったから。秀吉のそばにいたら、会えるかもしれなかったから。

そう、決して口にしてはいけなかったあのお方の名は蒲生氏郷様。眉目秀麗にして、勇猛果敢。文武両道にすぐれた稀有なお方。私はあのお方を愛しぬき、そして憎んだ。その墓所は大徳寺黄梅院にある。私はその月命日には、欠かさず心の中で手を合わせている。琵琶湖の湖面に銀色のさざ波が立つ。やさしい笑顔がキラリと光ったような気がした。

時がすぎた。淀は再び男子を出産。「お拾い」と名付けられたその子の父親の名は、淀の胸の中に秘められたままだった。しかし、秀吉はその子をわが子として受け入れ、豊臣家の後継として大切に育てた。朝鮮に出兵したままの兵士を残して秀吉は亡くなり、天竺までも我が目で見たい、かの地の大河、恒河で、我が罪業を洗い流したいとの願いはついえた。世は移り変わり、天下は徳川のものになろうとしていた。

徳川軍の猛攻により、大阪城は陥落寸前となっていた。ついに淀はわずかに残った家臣と侍女たち、それから我が子秀頼と共に、かつて秀吉が黄金の茶室にしつらえていた山里曲輪に追い詰められていた。押し寄せる敵兵のとどろくような鬨の声、鉄砲の音、硝煙の匂い、深手を負った味方の兵士のうめき声。

窓も出口も塞いだ黄金の茶室が、にぶく光る。かつてここで天皇を始め、公家、諸侯を招き、盛大な茶事が行われた。招かれた客は目を見張り、豊臣の栄華を寿ぐ賀詞を述べたのだった。

暗闇の中、淀は耳を塞いでうずくまっていた。敵兵の潮のような鬨の声、乾いた鉄砲の音、きな臭い硝煙の匂い、深手を負った味方の兵士の断末魔のうめき声。曲輪には火がかけられ、ついに炎と煙に取り囲まれた。侍女たちの悲鳴、すすり泣き。家臣たちの怒号。天井も壁土もともにくずれ落ちかけている。

もはやこれまでだ。この世の名残に茶でも飲もう。くずれかけた黄金の茶室の暗がりの中、淀と秀頼は黄金の茶道具で茶を点て飲みほした。まいた油に火がつけられ、すぐに爆薬に着火した。閃光、轟音、爆風。黄金をしきつめた山里曲輪は、空飛ぶ小鳥が鉄砲に撃たれたごとく、私たちもろとも木っ端みじんに吹き飛んだ。

ゆっくりと私は目覚めた。ここはどこだろう。色もない、形もない。上下左右もわからない。何もない世界をさまよっていた。

自分が、かすかに光るものになっているのはわかるが、どこまでが自分で、どこからが自分でないのかも定かではない。

いつからここをさまよっていたのだろうか。気がつくと、ここにいたのだ。

自分のまわりにもかすかに光るものが、ただよっている。いろんな声がひびいてくる。

「ちゃちゃ」

「お母様」

「ちゃちゃ姫」

「おちゃちゃ」

「淀の方様」

「淀」

聞き覚えのある声だ。お父様、道一、お母様、氏郷様、利休殿、二人の我が子、そして秀吉。

ぼんやりと幼い頃からの思い出がよみがえる。お父様のひざで「隼別皇子と女鳥媛」の恋物語を聞いていた私。道一とともに野山をかけ回っていた私。二度の落城。氏郷様との出会い。罪に彩られた出産。亡くなっていく我が子の枕元でおえつしていた私。そして再びの男子出産。

「ちゃちゃ姫様。またお会いできてうれしゅうございます」

道一の声だ。

「ちゃちゃよ。浅井の姫として姉として、立派であったぞ」

と、お母様の声。

そしてあの声は、愛し憎んだあのお方。

「淀のお方様、お待ちしておりましたぞ」

私はその声がする方へ、近付こうとする。しかし、近寄れない。どうしたことか、近寄ろうとすればするほどその声は遠ざかっていくのだ。ついにはその声は消えてしまった。

「ちゃちゃさま」

聞き慣れた声が響いた。秀吉だ。晩年の呆けたような声ではなく、まだはつらつとした青年の声。

「死んではなりませぬ。生きて、生きて、生き抜くのです」

では、あの声はあなただったのですか。私を小谷城の炎から救い出した武将は。あなただったのですか。

「この子は我らの子じゃ。いいな」

全てを受け入れた秀吉の諦観したような声も聞こえる。ああ、秀吉様。あなたの寛大な心に私は気づかなかった。それどころか、おろかな人と見下していた。おろかなのは私でした。

いつもの悪夢がよみがえった。立ちのぼる炎、黒煙、慟哭、断末魔の叫び、助けを求める女たちの絶叫。炎の向こうから、何者かが現れた。背後からの光に照らされて、その顔はよく見えない。誰だろう。少し小柄で胸幅が厚い。誰だったろう。確かに見覚えがある。

淀は小谷城落城のおり、自分を助け出してくれた武将の顔を思い出した。背後からの炎に照らされ、よく見えなかったその顔は、秀吉だった。秀吉が私を助け出してくれたのだ。

淀はやっとわかった。私の隼別は秀吉だったのだと。長い間、気づかなかったけれど、秀吉はずっと私を守り、私の大罪をも許してくれていたのだ。

「秀吉さま、許してください。あなたが私の隼別だったのですね」

秀吉は何も答えない。

柔和な声が聞こえてきた。

「淀の方様、お見事でした。よくぞ誇りを貫かれましたな」

「利休様、秀吉さまとご一緒だったのですね。よかった。あなた方のわだかまりはとけたのですね」

「はい。元のように」

よかった。やっと誤解はとけた。利休殿と秀吉、そして私と秀吉も。

「いつまでも平穏にお過ごしください。喫茶去とも、申しますぞ」

利休さんの声はしだいに遠ざかっていった。

「淀よ、よくぞ生き抜いてきた。あっぱれであったぞ。ではこれからは、我らも共に旅立とう」

秀吉の声が力強くひびく。いつのまにか淀は白鳥の姿となり、いたわるように寄り添うもう一羽の白鳥とともに空を舞っていた。

二羽の白鳥は、仲良く鳴きかわしながら琵琶湖の方角へ、それから海を越え、はるか遠い恒河を目指して飛び去っていった。

山上安見子（やまうえ・やすみこ）

広島県出身、京都在住。ペンネームは万葉集由来。
現在、京都の大学にて科目履修生として仏文学を研究中。茶道と能楽の愛好者。織豊時代の女性の生き方に興味があり、その代表としてちゃちゃを中心に本作を上梓した。秀吉はもとより、ちゃちゃの生涯に大きな影響を与えた茶聖千利休などとの交流を、演能やお茶事の場面を中心に、細やかな心理描写を交えて描くことに腐心した。次作は、かねてより心惹かれてきた文武両道に秀でてはいたが、悲運の生涯を送った戦国武将について構想し、着手をしたところである。
既刊に『赫い月』『ベル・オンム』がある。『ベル・オンム』にてリトルガリヴァー文学賞受賞。

喫茶去《きっさこ》　ちゃちゃと利休《りきゅう》

2024年5月27日　初版発行

著　者　　山上安見子
発行人　　佐久間憲一
発行所　　株式会社 牧野出版
〒604-0063　京都市中京区二条通油小路東入西大黒町318
電話 075-708-2016　ファックス（注文）075-708-7632
http://www.makinopb.com
装丁・本文DTP　　山本善未
印刷・製本　　中央精版印刷株式会社

内容に関するお問い合わせ、ご感想は下記のアドレスにお送りください。
dokusha@makinopb.com
乱丁・落丁本は、ご面倒ですが小社宛にお送りください。
送料小社負担でお取り替えいたします。

　ISBN978-4-89500-244-8